致青春 047

小清歡

（上）

雲拿月　著

高寶書版集團

目錄
CONTENTS

第一章　碰撞

齊歡朝學校拔足狂奔的時候，已經超過七點十分了。穿梭在一眾藍白色制服中，她那身淺棕校服顯得格格不入。腳踩在下過雨的地面，濺起朵朵小水花。

忽地，前方響起一道驚促尖叫的女聲。

齊歡抬眼，還未反應過來，一輛電動自行車急颼颼向她衝來。

「——哐啷」一聲，兩人在地上摔成一團。

正是上學時候，路過人來人往的都是學生，一些好奇的人駐足打量。騎車女生站起來漲紅了臉，掃了眼齊歡身上的校服，不滿地開口：「妳走路不看路，擋路害人摔傷妳賠嗎！真倒楣……」

平白被撞摔了一跤也就算了，還被人倒打一耙，剛站好正在拍衣襬上的水跡的齊歡動作一頓，抬起頭來。沒來得及說話，女生理也不理就騎上自行車走人，急速擦身時竄出一聲嘀咕，齊歡只聽清了幾個字：「怪不得是隔壁的……」

毫不掩飾的蔑視語氣。

正在趕時間沒空計較，齊歡不得不把氣憋回去，撿起弄髒的書再度拔足狂奔。跑過人流彙集的大門時下意識側頭一看，校門上是大大的幾個字：禾城第一中學。

一中，本地赫赫有名的明星高中，全城所有會讀書的優秀學子幾乎都在這裡。

只看了一眼她就收回目光，她的目的地並非這裡，而是再往前十幾公尺，目前和一中處於同一條街上但口碑天差地別的另一處——敏學私立高中。

齊歡今天輪值看守校門，來遲了，顧不上核對出勤狀況，匆忙在值日薄上簽下名字就飛快奔進去。進了教室，班上看不見有人在看書，玩手機的玩手機，聊天的聊天，全都做著別的事。莊慕扯著椅子靠近齊歡，占滿了走道，「妳怎麼現在才來？哇，妳的書怎麼濕了，還有妳的袖子……？」

齊歡把書往旁邊一放，聲音很淡：「旁邊學校的，騎車撞到我。」

莊慕先是憤怒，但見她臉上沒多少惱色遂很快熄了火，可心裡還是不爽：「隔壁那些人一個個假惺惺得要死，鼻孔都快長到頭頂上去了。以為進了一中了不起，單獨拎出來贏得過妳的有幾個？」

齊歡沒接話，莊慕見她臉色還是不好，問：「就因為這事情搞壞了心情，不值得吧？」

「我本來就心情不好。」齊歡說。

「怎麼了？」

「我媽訓了我一早上。」

「……為什麼？」

「鬼知道。我爸這幾天不在家，今早一起床她就開始念。」齊歡隨手從抽屜裡拿出一本書，朝莊慕抬眸，眼裡黑黝黝一片，「一邊罵我一邊誇石珊珊。」

莊慕一愣，「石珊珊？」

齊歡低頭攤開書本，沒再說話。

※　※　※

午飯在學校食堂解決，下午放學鈴聲一響，敏學的學生三三兩兩魚貫而出，經過操場，莊慕吸了吸鼻子：「一股老舊的味道。」

齊歡道：「嫌這學校破直接說，不用這麼婉轉。」

「我就是嫌這裡破。」莊慕一臉厭煩，瞥向北邊，見遠處佇立在對面的一中教學大樓，感覺更甚。

敏學私立高中作為禾城第一私校，硬體設備絕對是全城最好的，但他們原本的高中校區正在翻新重建，暫時沒辦法使用。他們腳下踩著的，與一中只隔著一條巷子比鄰，原先是禾城師範，去年師範搬遷了，敏學正好搬進來暫用。

這一個學期甚至一整學年，可能都要在這個地方度過了。

「我不是怪妳啊。」莊慕瞥了齊歡一眼，趕緊解釋，「重建學校是好事，壞的是選了這破地方。」誰不知道，敏學私中校區重建的錢是齊歡爸爸捐款的。

齊歡沒說話。

到了校門口，他們往左轉，右邊福利社人太多，左邊人稍少一些，缺點是和一中的福利社連在一起。

齊歡和莊慕各買了杯飲料站在樹下，幾個穿著一中校服的女生突然走過來，原本是要朝著他們面前的福利社去，被圍在中間的女生忽然停下腳步：「齊歡？」

映入眼簾的是石珊珊那張臉。嫻雅，溫柔，五官不算太出眾，但稱得上清秀可人，是容易讓人心生好感的類型。

齊歡扯了扯嘴角，弧度輕到幾乎看不出來。她的外貌跟石珊珊是不同的類型，每一分五官都出眾得恰到好處，但面上清清冷冷，不說話的時候看起來不太好親近，帶著幾分威嚴。

「妳出來買東西？」石珊珊笑容溫婉，齊歡依然沒說話，只點了下頭。對她敷衍的態度盡顯，石珊珊看起來絲毫沒放在心上，與她閒聊了兩句，才笑吟吟道別和身邊幾個女生進了福利社。

齊歡喝著水，垂下眼睫，聽到簇擁石珊珊往裡走的幾個女生壓低聲音嘀咕：「她眼神好凶啊……」

石珊珊用一貫溫柔的語氣笑答：「沒有啦，她人其實挺好的。」

而後是那幾個女生漸遠漸小的議論：

「珊珊妳怎麼會認識敏學的？」

「那些人好糟糕的，仗著家裡有錢……」

莊慕用手肘撞了撞齊歡，「回去嗎？」

齊歡一言不發，把沒喝完的飲料杯捏扁扔進路邊的垃圾桶。走到校門口，碰上了三班那群小混混。

「去哪？」她悠悠一聲，讓幾個人停住腳步，想跑又不好跑。

為首的臉糾結成一團，開腔討饒：「哎喲我靠，歡姐！行行好今天就別盯著我們了，昨天遲到欠的明天還行不行？明天我們幾個哪都不去……」

他喋喋不休的模樣，顯然是怕極了齊歡。

「你這頭髮挑染得真難看。」齊歡頗有閒情逸致，打量著他的瀏海。

三班的小混混們哪有空和她聊這些，彷彿熱鍋上的螞蟻，恨不得馬上就走。

「說真的，明天想怎麼樣就怎麼樣，今天我們真趕時間……還有這頭髮，我晚上鐵定把它一刀喀擦！妳就讓我們走行不行？」

齊歡不鬆口：「去哪？」

一群人眼神互遞，沒一個開口。

「不說我們就在這裡耗著。」

「嘖，別呀！」為首男生瞧向莊慕，莊慕搖頭表示愛莫能助。他只好道：「我們……」

後半句聲音略小。

齊歡皺眉：「什麼東西？」

他心虛，神情尷尬地重複一遍：「我們跟一中的人，起了點衝突。」

一中和暫居於此的敏學，兩校校門都在東邊，同處於文弄路上，一中的南牆和敏學的北牆中間只隔了一條巷子。

兩校成為「鄰居」後，學生之間的矛盾無法避免。前天晚上敏學三班那群人蹺了晚自習，去附近的撞球室玩撞球。就剩最後一個檯位，三班的人甩出錢，擼起袖子就要上，卻突然冒出一個人說位置是他訂的，讓他們走。

三班的沒跟他爭，但走之前，擦身而過時重重撞了對方的肩，那人是一中的，脾氣還挺大，嗆聲罵說：「操你媽沒長眼嗎？沒長眼都滾回家去補補！」

三班這幾個人平日裡囂張慣了，哪容得下這挑釁，一句：「你他媽再說一遍試試——」吼回去，推了對方好幾下，當場動起手來。

一中那個學生單槍匹馬，儘管人長得高，還是被痛毆了一頓。

都說進了一中一隻腳就踏進了名牌大學，這當然只是誇張說法。一中每年錄取新生，有一百個專長生名額，說白了就是交錢進去的，這一百人的入學方式在本質上和私立高中的贊助費制度差不多。

被打的那位雖然不知道是不是買進去的，但也確實是個問題學生。

齊歡問清楚事情，追根究柢是他們敏學理虧。和莊慕被三班幾人帶到兩方幹架的地方時，一中來了十多個人。大概跟他們一樣都是高二的，幾乎全沒穿校服，幾個有穿的人，也穿得很懶散不正經。

「帶個女的來算什麼意思？你們打架還要啦啦隊啊？」一中帶頭站著的男生斜來一眼，視線在齊歡身上掃了兩遍，移開後沒忍住又轉回來多看了一眼。

長得挺漂亮。

齊歡未語，在他面前站著，勾勾手指讓三班的人過來。

一中的人死死盯著看他們要搞什麼。不料，幾個男生圍上來，不等他們反應便整整齊齊低頭道歉

──「對不起！」

整齊有力的一聲，震得一中的哥們都愣了。

三班的人心裡憋屈得不行，脖子和鎖骨都憋得泛了紅，然而沒辦法，他們瞥一眼齊歡……還是先認了。到時候私下裡把場子找回來也是一樣。

「前天的事我們學校的人有不對的地方，該承擔的我們會負責。」齊歡不怕這場面，一臉平靜地

開口。

帶頭的男生沒想到打架突然變成和平和解，愣了幾秒。

「哐——」的一聲重響。一個礦泉水瓶猛地砸進旁邊垃圾桶裡，驚得他和站在他面前的齊歡都是一震。

一群人齊齊回首，側身正好空出了一條走道，帶頭的人朝樹下看去，頓了一下：「……讓哥？」

後面就是樹，斜倚著樹的男生個頭很高，穿著一中的校服褲，晃眼的藍白色，校服外套拉鍊敞著，裡面是一件簡單T恤。袖子微微挽起，一截手腕露在外，十指修長，指節分明。

齊歡驀地停滯了一瞬。

安靜間，那男生將手插入口袋，不緊不慢走過來。兩旁的人分開，帶頭的把位置讓給他。

他一步步走到齊歡面前，個頭比她高得多，垂著眼瞼看她，目光全無起伏，平靜無波。

齊歡和他視線相對的剎那，臉頰莫名升起一股不合時宜的熱意。

對視似乎過了很長時間，其實不過短短兩秒。她張了張口，下意識後退一些。

「多管閒事。」他低聲說。

他漫不經心掃了她一眼，啟唇吐出三個字：「滾遠點。」

莊慕聽到對齊歡說的那句話後，霎時臉色一沉，揚拳就要打上去。齊歡眼疾手快攔住，什麼都還沒來得及說，不遠處驀地響起一中教務主任突兀的大嗓門：「在那邊！」

齊歡怔愣。

他領著一群教官過來逮人，朝這邊跑，口哨吹得嗶嗶響：「你們幾個——」

架是打不成了。齊歡抬眸看了面前的男生一眼，沒說話，帶著她們學校的人撤退。三班的人還不太想走，她皺眉：「敏學的！」

一群人這才不情不願跟上。

巷子跑到一半，齊歡回頭看了眼。一中的人在原地沒動，他們教務主任紅著臉訓話。那個男生懶散地站著，依舊是手插口袋的姿勢，滿臉無所謂。

嫩綠枝椏間透下斑駁陽光，稀稀疏疏。

她只覺他比光影更晃眼，只看一眼，就讓人難以錯開視線。

※　※　※

晚上要上自習，他們晚飯都沒吃就回了教室。莊慕還是氣不過：「妳剛才幹嘛要攔我？我他媽就應該給他一拳，有什麼了不起啊，難道我們是好欺負的？」

半天沒聽到回答，莊慕一瞧，就見她盯著空氣出神。

「妳怎麼了？」他抬手在她面前晃了晃。

齊歡回神，卻是出乎意料地問：「那人是誰？」

「哪個？」

「剛才那個。」

莊慕一愣，「他是陳讓啊！妳不知道他是誰？開玩笑吧？」

齊歡不解：「我應該知道他是誰？」

「這不是廢話嘛！」莊慕皺著一張臉，「妳還記不記得上個學期那次全城模擬考？所有高中包括我們全部統一考卷，改分數後統一排名，妳是敏學高一年級第一，也是全城第二。」

作為敏學私立高中的一員，齊歡簡直是股清流。她國中從另一所私立學校轉來敏學的時候，學校差點放鞭炮外加倒貼獎金以示歡迎。

提起這件事，齊歡點頭：「記得。」她當然沒忘。

莊慕說：「那妳應該有印象啊，排名第一的就是陳讓！」

輪到齊歡呆愣著。

「我跟妳說，陳讓他們那群人是出了名的不要命，跟社會人士幹過架，每一次都鬧得挺凶。他好像惹到了什麼人吧，三不五時有人找他麻煩……媽的，就這樣還他媽天天考第一，一中那些書呆子真是讀傻了，連他都考不過！」莊慕撇嘴，說著看她，「妳該不會完全不知道吧？」

齊歡搖頭。

莊慕頓了頓，又莫名笑出來，暗覺痛快：「那小子好歹壓了妳一頭，結果妳連看都沒把他看在眼裡，厲害厲害！」

「笑屁啊。」齊歡踢了他一腳。

莊慕還在說，齊歡的心思卻不知道飛到哪了。想到莊慕的話，不由得壓低了嘴角。

她沒把陳讓看在眼裡？那又怎麼。

——陳讓也是一樣。

莊慕從來不知道自己還有烏鴉嘴的本事，才說齊歡不把陳讓放在眼裡，誰知隔天她就注意起這個人了。齊歡把不知道從哪翻出的去年那場全城模擬考排名名單放在口袋裡，站在兩所學校相對的兩面牆之間，抬頭看去，裡面就是一中。

巷子狹長，又窄小。看著她不知從哪弄來的一中校服，莊慕著急上火：「妳真要翻牆進去？」

「不真還能假？」

「妳混進去要幹嘛？還借了隔壁的衣服！」莊慕知道她一向不喜歡一中校服，心裡更加不爽。

敏學私高的學生各個都是家裡條件極好的少爺、小姐，再不然也是小康家庭，有錢腰杆硬，一群不規矩慣了的富二代們誰肯規規矩矩按校規來，是以，大多數人都不穿校服。尤其齊歡，她家是禾城首富，不僅是敏學的所有校董，她走到哪都有人買她爸面子，她不穿沒人敢多說一個字。

然而她作為學校的風紀委員，大概是有一種責任感，整天都把那套淺棕色制服穿在身上。

齊歡把脫下來的敏學校服連同書包和一些零散的東西塞到莊慕懷裡。

「要出來我會打電話給你，等我消息。」說完不給莊慕阻攔的機會，她熟練地翻上圍牆，往裡跳之前回頭和莊慕揮了揮手。

穩穩落地，莊慕的聲音徹底被隔絕在牆外，齊歡躲在教學大樓後蹲了半晌才往裡走。每週四晚自習之前，陳讓會在多媒體大樓的廣播室裡，這是和一中校服一起得到的消息。

混進陌生校園多少還是有點心虛，她一路低著頭。

多媒體大樓在高一、高二兩棟樓中間，上到三樓，走廊左手邊最裡面的就是了。廣播室門沒關，裡面沒人，靜悄悄一片。齊歡小心探頭，進去後虛掩上門。

都是學校，廣播室這種地方模樣相差無幾，轉了一圈看了看桌上的講稿和擺設，正思考陳讓什麼時候會來，忽然聽到外面傳來腳步聲。她一個激靈，四下打量，慌忙躲到了靠在牆邊的桌下。漆紅色的辦公桌，大概是剛汰換下來還沒處理掉。

隨著門開了，光線亮了幾秒。

齊歡探出頭悄悄偷看，進來的正是她等的陳讓。

把帶來的書隨意一扔，陳讓還沒走到椅子前，不知為何忽然一頓。停了幾秒，他擰開礦泉水瓶蓋，喝了兩口後轉緊，往桌上一放，發出輕微的咚響。

「出來。」他轉了個身，倚著桌沿懶懶地站著，朝著她躲的方向。

齊歡的心跳慌了起來，他的眼神淡淡，卻令人覺得無所遁形。

該來的躲不了，她只好走出去，不敢靠他太近。乾笑兩聲，正想著怎麼開口，他睨著她，眉頭蹙了一下：「妳誰？」

齊歡在他看陌生人的眼神中，憋出一句：「我是昨天那個……啦啦隊的。」說完自己也愣了，不知道怎麼會脫口而出加上後幾個字。

陳讓挑眉，除此之外沒有別的反應。

齊歡覺得尷尬，轉移話題：「上個學期全城模擬考我比你低兩分，你在我上面。」她搬出莊慕的話，從口袋裡掏出皺了的排名表，攤平給他看，希望他多少有點印象。

陳讓掃了一眼，勾唇，笑意卻未達眼底：「我在妳上面？」

齊歡沒多想，點頭。

他將視線移到她臉上，微微傾身，輕咬字音：「哪天的事，我怎麼不知道？」

齊歡一頓。她在校是大姐大，敏學的人都怕她，根本沒人敢這樣對她說話。

陳讓斂神換了個站姿，有點不耐煩：「妳來幹什麼？」

「我來，想跟你——」齊歡輕咳了聲，抬眸直視他，伸出手，「交個朋友？」

陳讓瞇了瞇眼，打量她的目光越發莫測。齊歡很緊張，她第一次做這種事，就連自己也覺得荒謬。

一秒，兩秒，靜默一點一滴淌過。伸出去的手沒人理會，她收了回來，內心無盡忐忑。

等了許久陳讓也沒回答。他看了她一會兒，轉身走回凳子前，慢條斯理整了整桌面的東西，之後才重新看向她，「妳再說一遍。」

見事情似是還可商量，齊歡眼睛一亮，不疑有他，挺認真地道：「我叫齊歡，是隔壁學校的。陳讓，我想和你交個朋友，可以嗎？」

她的聲音清脆爽朗，一字一句極為清楚。

齊歡說完靜等著他的答覆，卻久久不見他有反應。很快，外面傳來一陣匆忙逼近的腳步聲，她隱約覺得不太對勁。陳讓噙著懶散的笑，把桌面上被書擋住底座的廣播話筒扯出來讓她看個清楚——紅色指示燈亮著，廣播系統正在運作。

抬手關上電源，他漫不經心道：「不好意思啊，剛剛不小心打開了。」

齊歡腦海裡轟的一聲炸開，伴隨著門被一群人大力推開的動靜，兩頰燒灼，紅了個透。

在上晚自習之前，所有在校的一中學生都聽到了廣播裡的那兩句話。

「妳再說一遍？」

「我叫齊歡，是隔壁學校的。陳讓，我想和你交個朋友，可以嗎？」

教學大樓走廊上，每一樓都擠著圍觀的學生，還在操場上的學生不少停下腳步，議論聲不停。原本在班上翹著二郎腿玩手機的左俊昊聽到廣播，第一時間跑去多媒體大樓找陳讓。

「哎我靠！」和陳讓一起站在廣播室外走廊上，看著操場上被圍著往外走的女生，左俊昊樂不可支，「那妞是來跟你表白的？夠大膽啊！」

陳讓瞥了他一眼，沒理他。

在廣播室被逮到，從多媒體大樓出來，一中教務主任和幾個教官圍著齊歡朝外走。齊歡捂著臉，心裡已經喊了快一百遍丟死人了。

陳讓絕對是故意的，哪有那麼巧，那時後就「不小心」開了電源。

一口氣在胸口百轉千迴，最後還是長舒出去。事已至此，多說無用，她放下擋臉的手，腳步一頓。教務主任毫無防備，在幾乎整個一中的注目下，齊歡突然轉過身，對著幾棟教學大樓各層趴在欄杆上圍觀的所有學生，兩指斜斜抵在額頭，一揮，半點都不尷尬地敬了個瀟灑的美式軍禮。

「大家不用送了！」

爽朗的一聲，她做完這個動作，笑著轉身頭也不回大步走出一中校園。

四下靜了幾秒，而後，各個樓層裡的起鬨聲響和口哨聲在偌大操場上空炸開。

「哈哈哈哈——」看著教務主任跳腳，左俊昊笑得根本停不下來，整個臉都要笑僵了。老半天，他笑夠了，手搭到陳讓肩上擠眉弄眼：「嘖，放眼整個一中，包括周圍一整片學校，敢這樣追你的女生有幾個？這位真是厲害了！」

陳讓微微蹙了蹙眉，收回目光。

他側頭撥開肩上的手：「你沒被敏學的人打夠？想挨揍就直說。」

※　※　※

齊歡在一中丟臉的事，第二天就傳回了敏學。從高一到高三，幾乎成了全校的話題。愛惹是生非的小混混們笑完更是拍手叫好樂見其成，平時他們做什麼事情都怕太出格會被齊歡盯上，現在齊歡對隔壁的陳讓產生興趣，說不定沒有時間再管他們。

「我說歡姐，妳真的跑去一中了？」嚴書龍在三班坐不住，憋了幾節課跑來十班，和莊慕一起坐在齊歡前座的課桌上，將前一天的事絮絮叨叨，說個沒完，「堵陳讓可以在校門口，妳何必這麼猛？」

平時都是挨她的訓，難得能調侃她一次，不免有些得意忘形。

齊歡打斷他：「你跟一中那些人的事解決了？」

嚴書龍一頓，「呃」了半天沒說出個所以然。

她就一句話：「不准和他們打架。」

「這件事——」嚴書龍一聽，急了，「風紀委員妳這樣可不行，才見了陳讓幾次，胳膊就拐到他們那邊去了。不跟他們談事情怎麼解決？不打架……不打架，他們要是就要跟我們打怎麼辦？」

齊歡抬眸瞥他：「圍毆人你還很有理？」

「可是一中那個，罵得那麼難聽，誰能忍住不搞他？」

齊歡皺眉，問：「你們打的人是誰？」

「左俊昊。」

「他跟陳讓？」

「他們兩個是好哥們，關係很鐵，要不然陳讓也不會替他出頭。」

齊歡若有所思，嚴書龍見她神色，糾結道：「歡姐，妳不會真的看上陳讓了吧？」他嘖了聲，「不要吧！他那副樣子，一看就不是什麼好人，而且妳看他那張臉，對他有意思的女的肯定很多。他身邊那個左俊昊妳知道吧？左俊昊可是妞一個接一個換，速度比我們幾個還快。妳好歹也是敏學一枝花，何必倒貼陳讓？」

齊歡抓起本書扔過去：「什麼敏學一枝花！」

嚴書龍敏捷躲開，書被莊慕接住。這次莊慕也是站在嚴書龍這邊的：「嚴書龍說的對，那個陳讓有什麼好的？昨天我就不同意妳去，妳還非要翻牆。」

「就是。」嚴書龍接話，「有什麼好的。」

他們你一言、我一句說個不停，齊歡抓起書一連扔了好幾本，砸得兩個人東倒西歪、左閃右躲。

「滾吧你們，吵得我頭痛！」

上午第二節下課有二十分鐘休息時間，齊歡和莊慕幾個人一起出去買吃的，特地選了靠近一中校門那側的福利社。她的醉翁之意，莊慕都不想吐槽了，黑著臉一個字也懶得說。

好巧不巧，還真讓她碰上了想見的人。

陳讓一群人在第二家福利社裡，他身邊有個一直和他說話的男生，臉上帶著傷，不用猜，鐵定是左俊昊沒錯。齊歡興沖沖過去。

莊慕和嚴書龍幾個跟在她後頭，兩邊人一打照面，各自都黑了臉，小店裡的氣氛頓時變得微妙。

只有齊歡一個人臉上掛著笑，直奔陳讓面前，眼彎如月，「陳讓，好久不見。」

從昨天廣播室那一齣到現在也不過十多個小時。

左俊昊噗嗤笑出聲：「是夠久的。一日不見如隔三秋，你們這三秋算不上，幾個小時沒見面，也得有十多個月了是吧。」

「十多個月」沒見的陳讓一臉平平，眼裡半分多餘的情緒都沒有。

齊歡不介意，看向左俊昊：「你是左俊昊？前兩天的事不好意思，我叫齊歡，是……」她瞄了陳讓一眼，笑吟吟說，「是陳讓的朋友。」

嚴書龍撇嘴別開了頭，左俊昊雖然笑著，但也沒有接她對於打架一事的話，只說和陳讓有關的：「好巧，我也是他朋友。」

陳讓忽地從他們中間走過，直接去貨架前拿了瓶綠茶結帳。他走到店外喝，將面面相覷的齊歡和左俊昊當成了空氣。

齊歡頓了幾秒，到他身邊沒話找話，試探性地問：「你喜歡喝綠茶？」

陳讓說：「沒什麼喜歡的。」他轉緊飲料瓶蓋，將才喝了一點的綠茶拋進樹下垃圾桶，側眸睨她，「比如妳。」

齊歡怔了怔，左俊昊反應過來後也來不及說什麼，連忙去追他。

莊慕回神，立即怒了：「靠，這他媽的——」

嚴書龍也不爽，對齊歡道：「歡姐，這還能忍？妳聽我的，我們回學校叫人放學堵他，好好揍他一頓，打到他跪在地上跟妳求婚為止！」

齊歡神色平靜，沒有生氣。她盯著他們離開的方向，驀然勾了勾唇。

莊慕擰眉：「妳不會是氣傻了吧？」

「有什麼好氣的。」齊歡聳肩，她轉頭看向莊慕，眼裡盈亮，笑著露出一排貝齒：「長得好看的人，就應該有點脾氣嘛。」

「那個齊歡我打聽過了，真正的敏學一霸。她爸超有錢，禾城首富，認識的人不少。敏學一堆富二代裡她是佼佼者，而且成績一直很好，很會讀書。」

「她一開始是在別的私立學校讀國中，她爸嫌學校不夠高級替她轉到敏學，她跟那個莊慕當時就橫行他們整個國中部。升到高中之後換了校區，有高三的看他們兩個不順眼去找麻煩，她跟莊慕在他們班外的走廊上，一人拎一把椅子把一群高三的砸到頭破血流，腦袋開花。」

「他爸還挺護短，誰動他女兒他就搞誰，齊歡平時不惹事，聽說很守規矩，還老幫忙收拾不安分的學生，他們學校老師都很喜歡她。她跟那些三流學生不一樣，沒在混，但是為人很霸道不是個怕事的，久而久之整個敏學就沒人敢惹她了。怎麼說……就是，就是那種很特殊的好學生。」

左俊昊把打聽到的消息全部說給陳讓聽，邊說邊瞥了陳讓一眼。

齊歡跟陳讓，從某種角度來說挺像，齊歡是個不一樣的好學生，而陳讓，壞得比較獨特，讓老師、校長崩潰頭疼的事情沒少幹，分數上又甩別人一大截。

這他媽讓人還真不知道怎麼說。

左俊昊講了一堆，陳讓看著書，眼皮都沒抬一下。

「我跟你說話，你有沒有聽到？」左俊昊忍不住用手肘撞他。

陳讓這才抬眸，慢條斯理闔上書，「你今天廢話很多。」

「你不想知道？她對你這麼用心，人還挺有意思。」左俊昊回想上午在福利社和齊歡說話的場景。

嘖，那張臉是真的好看。性格如何還不知道，暫且先不提，光看長相，不笑的時候冷然，眉眼都是氣質，一笑起來，唇角一彎，剎那讓人感覺眼前都亮了。

陳讓淡淡回答：「沒興趣，別煩我看書。」話是這麼說，手上卻是把書一扔，起身離開座位，手插著口袋走出了教室。

左俊昊看他離開的背影，「呿」了聲：「出去野的時候沒見這麼想著書本，不看書月考不也考第一，說什麼屁話。」

下午放學，一出校門就見齊歡笑吟吟在樹下等著，瞧見他們連忙揮手。陳讓沒反應，左俊昊頓了頓，笑起來。行啊，越挫越勇。

他快步走上去和她打招呼：「妳怎麼在這？」又明知故問一句，「等誰呢，不會是等我吧？」

齊歡說「是啊」，眼裡帶笑，目光卻直直朝向陳讓。

陳讓一步未停，當沒看到他們說話一樣從他們旁邊直接走過。左俊昊「哎」了聲，他頭也不回，知道叫不住他，乾脆邀齊歡，「要不要一起去玩？」

齊歡本來就是來找陳讓的，當然不會拒絕，和左俊昊一起趕上去，不用多久就跟他們一群人你一句、我一句聊起來。

他們這群人有成績好的，比如陳讓，站在一中頂端笑傲百名榜，還有左俊昊，其實讀書也不賴，只是行為帶著一股子什麼都不怕的痞氣，容易讓人覺得是問題學生。有一些好的學生，另一些便是真正的墊底學生，齊歡沒有差別對待，態度平和，對誰都是笑臉迎人，只不過看著陳讓的時候格外甜。

——人家對陳讓有意思，這是應該的。

沒和他們聊多久，齊歡就走到了最前頭默然不語的陳讓身邊。她一直和他說話，不知在問些什麼，陳讓一句都沒有回。

季冰的手搭上左俊昊的肩，兩人落在一群人後面。

季冰抬下巴朝最前兩個身影一指，「你把她叫來幹什麼？」

左俊昊笑著挑眉頭，指了指陳讓，「你看，一中校霸。」再指了指齊歡，「——敏學校霸。他們兩個走在一起，有沒有意思？」

季冰不懂他的惡趣味。

左俊昊自己樂得不行：「四捨五入，這他媽就是聯姻吶！」

季冰默默看他。

左俊昊對上他的視線，「我說得不對？」

「……下次敏學的人打你，怕你會直接送上去給人打吧？」

「滾！」

一群人說說笑笑到了撞球館，要了個包廂。齊歡默然瞧著，見他們輕車熟路一副很常來的樣子。包廂在二樓最裡面，一路未語的陳讓一進去便在沙發角落坐下，玩起了手機遊戲。

別人都在桌前拿起球杆開球熱身，只有齊歡和他坐在沙發上。稍微待了幾秒，齊歡挪到他旁邊：「你在玩什麼？」

陳讓眼皮都沒抬一下。

她正要開口，門突然被人猛地推開。

「操！」

「媽的嚇老子一跳——」

撞球桌前的幾個被驚了一下，不爽抱怨。

齊歡抬眸一看，是個女的。長得嬌嬌媚媚，我見猶憐，但那推門時的模樣，還有臉上的妝容，明顯不是柔弱性格。

左俊昊張嘴正要說話，女生直接朝齊歡走來——準確地說，應該是走到了陳讓面前。

「我今天約你，你為什麼不來？」

齊歡看看她，又瞅瞅陳讓，後者專注打著遊戲，別說抬眸，像是根本不覺得面前有個人。

見陳讓不理她，女生有些激動：「我寫了十幾封情書給你，你看我一眼會死嗎？」

好半晌，陳讓才停下遊戲看她，微勾唇角，「是妳啊。」下一秒唇邊驀地增添了些許諷刺意味，「上次在更衣室，妳說我不跟妳約會就脫衣服叫人，怎麼，這次來是打算在這裡脫？」

室內靜了一秒。

陳讓懶洋洋換了個坐姿，似笑非笑的樣子，襯得眼裡寒意更加深重。

沒人說話。

忽然，一旁的齊歡頗有興趣出聲：「妳要脫就快脫，他挪一下眼睛算我輸。」

齊歡起鬨的話說完，一群人呆愣了幾秒後噗嗤笑出聲，連陳讓也側眸掃了她一眼。

女生憋紅了臉，矛頭一轉對準齊歡。她指著齊歡對陳讓道：「你不肯理我，卻讓她在這裡，她就有讓你喜歡的地方了？」

「那當然啦。」齊歡歪頭，答得毫不害臊，「我長得比妳漂亮，他不喜歡我喜歡誰？這不是肉眼可見的事實嗎？」

「妳——」女生氣急了，一下說不出話來，恨恨地把目光重新投回陳讓身上，非要他講出個所以然：「你說啊，陳讓！」

陳讓靠著沙發椅背，意外的沒有反駁，還笑了下，「說什麼？」

他似是沒興趣再跟女生浪費時間，拿起手機繼續玩遊戲。幾秒後皺了下眉，朝左俊昊道：「你的手機給我，我的沒電了。」

左俊昊二話不說拿給他。

見他打開遊戲又垂下眼瞼，女生不滿他忽視自己，便伸手去搶：「陳讓！」

他的手沒拿穩，手機脫手「哐啷」摔在了地上。

陳讓臉一沉，左俊昊過去撿起來，不爽：「郭媛妳發什麼瘋？」

原來這個女孩叫郭媛，追陳讓追了很久，他們一群人對她沒什麼好感。長得雖然還可以，但是性格不合，久了就覺得有點煩。

「我、我只是……」

郭媛沒說完，左俊昊檢查手機有沒摔壞，又是擦又是點，不知戳到哪，突然點開了影片，手機裡響起一陣不合時宜的聲音，誇張又直白地在安靜的包廂裡蕩開。

氣氛先是凝滯了兩秒，然後沸騰。

「你新弄來的也不跟大家分享……」

「哪個系列的？我看看。」

「這麼重口味，左俊昊你他媽不是人吧！」

幾個男生圍到左俊昊身邊，不讓他關，你一句、我一句笑著調侃起來。

郭媛的臉紅一陣、白一陣，一半是臊的，一半是被陳讓冷淡眼神嚇的，半晌，憤憤轉身衝出包廂。

「行了行了，這還有女的在呢。」左俊昊強行關了影片，撥開他們。

其他人掃興道：「嘖，郭媛不是走了嘛？」

左俊昊瞪他們一眼，瞥了瞥還坐在沙發上的齊歡。她明顯不如剛才氣郭媛時放鬆，拘謹著，臉上神情略有點不自在。

陳讓忽然道：「聽聽聲音就臉紅了？」他坐直身，靠近她的耳畔，輕挑地笑，聲音低沉中帶著嘲諷，「就這點膽子，妳還學別人追什麼男人。」

包廂裡一如既往地熱鬧，每次陳讓都只是坐在沙發上玩遊戲，其他人早就習慣了。

左俊昊打了一會撞球，放下球桿坐到陳讓身邊：「你剛才幹嘛把人氣走？」

陳讓玩著遊戲，淡淡說：「她臉皮薄，自己撐不住走的。」彷彿與他無關。

左俊昊說：「人家好歹幫你把郭媛弄走了……」

「沒人讓她管。」陳讓暫停了遊戲，黑沉沉的眼直視左俊昊，「我最討厭多管閒事的人。」

左俊昊一愣，無奈起身：「行行行，我說不過你……你愛怎麼樣就怎麼樣吧！」他重新拿起球杆加入戰局。

門口忽然響起三下敲門聲。齊歡從外推開門，拎著袋子出現。

她看著陳讓抿了抿唇，而後走進來把大袋飲料放到男生們的球桌：「都是一樣的。」

男生們起鬨，紛紛伸手拿喝的，沒忘向她道謝。

齊歡把單獨裝在另一個袋子裡的綠茶放到陳讓面前，「不知道你喜歡什麼，所以隨便買了一個。」

陳讓眼裡沒什麼情緒。

齊歡在他面前站著，五指握拳捏了捏，又鬆開。而後說：「那種聲音沒什麼好臉紅的，我只是不看那些，跟我膽子大不大無關，跟有沒有資格追誰更無關。」

是對他先前那幾句話的反駁。

停頓幾秒，她驀地輕笑。齊歡俯身手臂撐在他肩側的沙發上，在他耳邊用只有他們兩個人能聽到的音量開口。

她學著他的低沉——「還是你，比較能讓我臉紅。」

左俊昊喝著齊歡買來的飲料，問陳讓：「她怎麼又走了？你也不留一下人。」

陳讓用眼尾瞥他，不語。

「我看你跟她說完話就開始發呆了嘛……」

「我沒發呆。」

「你明明……」

左俊昊話還沒說完，陳讓已經沒了耐心，站起身朝外走，「你們玩，我回去了。」

「喂！」左俊昊看了眼桌上，「你不喝？那我幫你喝了啊？」也不知是哪家飲料店，味道極好，齊歡品味還真行。

左俊昊伸手，只是還沒碰到桌上的東西，陳讓便折返回來，捏著熱飲微軟的塑膠瓶身，一把扔進垃圾桶裡，而後轉身揚長離去。

左俊昊看得目瞪口呆，「不要的東西別人都不能碰，陳讓這脾氣，他要是想要什麼，還不得殺人啊？」

※　※　※

一中辦了場校內數學競賽，各班抽調幾名成績領先的代表去多媒體禮堂參加，除了高三不參加外，高一、高二學生各占一半場地，時間在下午第三節課結束後。

齊歡找人借來校服，趁放學的空檔混進去。

出發前莊慕斜眼看了她好久，不滿地問：「第二次了，又是哪裡弄來的衣服？」

她道：「我還不能有其他朋友了？」滿心想見陳讓，多餘的內容便沒說，一溜煙奔來了一中。多媒體禮堂滿場的人已經坐好了，齊歡裝作稍微來遲一步的樣子，夾著本書從後門進去。

陳讓坐在靠近門的第二組，最後一排。

「嗨。」她縮著身子坐到他旁邊，低聲打招呼。

陳讓斜她一眼，皺了皺眉，沒說話，沉默地轉著手裡的筆。

挺好挺好。

齊歡悄悄笑了起來，依他在廣播室的行徑，沒當場戳破她偷混進來已經是極大的進步了。

考試時考卷都會多準備幾份，剩餘的就傳回老師手裡，雖然齊歡是混進來的，還是拿到了考卷。她從口袋裡掏出筆，班級和名字空著，裝模作樣在答案卡上寫了兩題，眼睛就朝陳讓瞄。

陳讓姿態悠然，下筆隨意，筆尖字體似人，清瘦雋逸。齊歡支手撐在桌上，側頭看他，唇邊止不住帶著笑。

陳讓寫了班級和名字就停了。他把答案卡往齊歡面前一放，「寫完。」

「那你？」齊歡愣了下，見他沒有回答，拿出計算紙塗鴉起來，眉眼帶著倦意，像是對什麼事情都沒興趣。

「好。」齊歡見狀沒有多問，馬上答應下來，二話不說開始答題。

讀書對她來說不難，下課時她是鬧了點，不安分了些，課堂上老師講的內容卻全都有好好聽進去。

陳讓整場考試都在紙上作無意義的塗鴉，這期間只往旁邊看了一眼，齊歡寫題目的時候比平時安靜多了，表情看著很是嚴肅認真。

離結束還有四十分鐘，齊歡把筆一收：「寫完了。」

陳讓側眸，抽過答案卡略掃一遍，在最後大題的地方指了指。

齊歡忙說：「是對的。這個算法我之前試過，這種題型幾乎都能解。」

「我沒說不對。」他嘴角撇了下，「寫那麼累贅，妳不累？」

「呃……」

「算了。」陳讓收了表情，懶得再多說。

齊歡正要說話，卻見他把筆放進襯衫胸口的小口袋裡，起身到禮堂最前面交卷，頭也不回地從前門走了。幾秒鐘時間，齊歡眼睜睜看著他離場，想叫不敢張口，眼睛瞪了幾次，喉頭的話只能強咽了下去。

現在走必定會被老師盯上，等等又引來教官就完了。

無奈，她只能拿起筆，在面前那張做了兩題的答案卡上奮筆疾書。花了二十多分鐘寫完，填名字時寫了個「陳讓」，一頓，兩筆劃掉，重新填好。

交卷從多媒體禮堂出來，陳讓早就沒人影，齊歡去高二八班找他，他不在自己班上，左俊昊的影子也沒看到。

她一聲長嘆，蹲在原地，內心悵然。

出了一中的門，莊慕在門口等，臭著臉等她。

「開心了吧，妳的陳讓呢？」他翻了個白眼。

齊歡尷尬地笑了兩聲，衝過去拍他的背：「哎呀，走走，帶你去吃好吃的！」

齊歡請客吃燒烤，嚴書龍一群人全都來了。河邊的小吃一條街，紅色帳篷裡坐著一桌一桌客人，夜色下亮起燈，像錯落安置在地上的紅色大燈籠。

敏學一行人獨占一個帳篷，吃著吃著，嚴書龍沒忘了說：「今天可是歡姐妳帶我們蹺課的，明天不能找我們麻煩。」

「對對，千萬不能！」

「歡姐妳可要罩著我們……」

三班的人紛紛附和，點頭如搗蒜。

齊歡撇嘴：「吃你們的，有得吃還堵不住嘴。」

莊慕笑起來，往她的盤子裡夾了塊脆骨：「嗯，妳喜歡這個。」

氣氛大好，眾人你一句、我一句說著趣事，嚴書龍一揚手：「老闆，來點啤酒。」

莊慕打斷：「還是不要了，齊歡不喝酒，喝點大家都能喝的。」

嚴書龍想說話，看看齊歡，便沒再堅持：「行，喝別的就喝別的。」

立式大冰櫃裡有顏色鮮豔的各式果汁飲品，酒精含量低到可以忽略不計，比單純的果汁又多了點味道。折中一下，選了這個。

莊慕拿了個桃子口味的給齊歡。

齊歡其實沒什麼心情，下午被陳讓丟在多媒體禮堂，想想都覺得不開心。悶頭喝著，沒多久就下肚好幾瓶，她的臉頰開始泛紅。

眾人注意到的時候都差點嗆到，嚴書龍吐槽：「不會吧歡姐，妳喝了多少能喝成這樣？」

莊慕皺了下眉，一不小心讓她多喝了幾罐。拿掉她手裡的易開罐，拉她起身，說：「我們出去吹吹風。」

其他人擺了擺手繼續吃。

莊慕和齊歡到河提邊吹風，坐在石板上，齊歡忽然指著前面一棵樹問：「那什麼東西，怎麼長得那麼奇怪？」

「那個啊，就是個枝椏長歪了的老樹，兩根枝看起來像個心形，不知道什麼時候傳了亂七八糟的話，一些女生就跑來在樹上刻字，樹皮都快被磨光了。」

齊歡盯著樹看了一會兒，朝莊慕伸手。

「幹嘛？」

「給我紙和筆。」

「……我哪有紙和筆？」

她依舊伸著手。莊慕沒辦法，回到攤子老闆那借了枝筆和一個小本子給她。

齊歡唰唰寫下一行字。

莊慕看了不禁皺眉：「妳到底喜不喜歡陳讓啊？」

她寫的是一句話：陳讓垃圾，齊歡最棒。

「當然喜歡。」齊歡頭也沒抬，她把那頁撕下來折成小小一塊，又撕了幾張紙把它包起，「別人不知道難道你還不了解我？我就是覺得，要好好挫一挫他的銳氣。」

莊慕無語：「妳就不能換個表達方式嗎？」

要是別人來看這張紙條，怕是要以為她纏著陳讓，純粹是因為不服氣陳讓不理她，為了把丟掉的面子和場子找回來而已。

齊歡走到樹下用腳開始刨土，莊慕看不下去：「行了、行了，我來。」

他找了塊石頭，蹲下刨出個小坑後讓出空間給她。齊歡把那團紙扔進去，用腳把土堆上去。她盯著樹看了幾秒，又雙手併攏，說：「順便也保佑我追到陳讓。謝了。」

看她表情認真，莊慕忍不住：「有必要嗎？陳讓真的有那麼好？」

齊歡抬眸看他，搖頭：「你不懂。有的人和有的人，就是註定了這一生要有所牽扯，我能感覺到。」

她頓了一下，笑起來，「就像，我和陳讓。」

齊歡看上陳讓的理由讓人不知該說什麼好，或者可以說，她根本就沒有什麼理由。莊慕板著臉問第三遍的時候，齊歡終於認認真真想了一會兒，結果還是不正經的回答，她抬頭笑嘻嘻說：「可能因為他好看吧。」

「好看？那妳多照幾次鏡子是不是也要愛上自己？」

她噗嗤一聲笑了：「你不要這樣誇我……」

「我沒跟妳鬧。」莊慕抿著唇，「長得好看的人，又不止陳讓一個。」

齊歡抬眸看他，對上莊慕難得嚴肅的臉，慢慢收斂了笑意。

河風吹來，帶著些許河水的腥味。

「我也不知道。」她說，「你問我我也講不清楚。」

在舒緩涼風中，齊歡聳了聳肩，那雙眼睛像舀了兩汪河水盛在其中，泛著粼粼亮光。

「可是就是他啊，就是陳讓。」她的雙手背在身後，腳下輕碾著地上的沙子，輕輕笑了起來，「我就是控制不住，只要看到他，只是看他一眼都覺得高興。我也沒辦法。」

校內競賽不是正規比賽，一堆老師一起批閱，隔天下午就批改好排出名次，分發回各個班級。

陳讓又是第一。

不僅高二八班的人習慣了，整個一中的學生都習慣了。他在高一，高一所有考試的榜首是他，他在高二，高二的第一名自然也是他。在各種考試排行榜最顯眼的位置看到他的名字，已經成了一種常態。

數學老師簡單給了幾句評語，不外乎是些表揚的話。陳讓這個學生，雖然總是惹事，在校內、校外捅出的簍子不少，但那是教務主任要頭疼的問題，除去那些，他在學業上的表現無可指摘。

一眾老師的心情都很糾結，既喜歡他，又不太敢喜歡他。

一同去參加競賽的還有幾人，數學老師以陳讓的答案卷為範例，也說了幾句，讓他們再努力。

班上同學百無聊賴聽著，數學老師忽然話鋒一轉：「不過，陳讓同學在最後一道大題的回答上，稍微還可以再改進一下。現在我們花五分鐘時間來講解一下這一題。」

很有意思同樣也很有難度的題，對於他們這種資優班來說，當然不能錯過。

一直沒抬頭的陳讓終於看向黑板。老師把題目抄出來，將陳讓的答案內容謄寫一遍。

「這個解法已經很好了，但是重點稍微有點偏……」數學老師看了陳讓一眼。他的能力做這種題目沒有難度，照他往常的答題風格，向來是抓住重點，該寫的每一點都寫到，其餘的字都不會多寫。今日這道題目卻有兩個步驟是累贅的，倒顯得有點老實了。

「上一回我們講到的內容裡，大家請看……」老師一邊說一邊在黑板上解題。

陳讓靠在椅背上，手靠在桌上轉筆。他等老師寫，臉上依舊沒有多少表情。書旁邊的計算紙上，一道完整計算過程，是他早上早自習時隨手解的——和數學老師寫在黑板上的解答一模一樣。

數學老師講完，拍拍手：「好了，大家做個筆記記一下。」頓了頓目光又掃向陳讓，「我這裡還有另一張答案卡，班級填的是我們高二八班，但是人……」

「陳——齊歡，是哪位同學？」

「這中間劃掉的字是什麼？」數學老師皺著眉，斥責道：「怎麼考試的，連名字都不好好寫！」

八班學生們一愣，在左俊昊「噗嗤」一聲拍桌爆笑的帶動下，響起了一陣輕笑。

「安靜！」數學老師呵斥一聲，看向班上，「我們班沒有這個人，陳齊歡是哪個班的？」

左俊昊咳了咳，佯裝正經地道：「老師，陳齊歡去旁邊學校上課了。」

班上又是心知肚明的一陣爆笑。

倒是陳讓，一臉的平靜。他起身走到講臺前，拿過自己的答案卡。

「老師，那一張也給我吧。」

「給你幹什麼？」

他懶得解釋，拿過答案卡，「研究。」

就說了這麼一句，轉身回座位。

數學老師拿他沒辦法，搖了搖頭開始講課。

陳讓盯著課桌，目光落在面前兩張答案上，眼睫顫了顫。她的那張，大題全都換了解法，最後一道題更是乾脆空著，不仔細研究筆跡，沒人會想到是同一個人做的。

他拿起筆，在姓名處剛準備劃橫，筆尖劃出一小段距離，又一頓。

最後，提筆將那個娟秀的「陳」字，劃掉。

放學，意料之中在校門口看到齊歡。左俊昊熱情回應她的揮手，知道陳讓肯定又要視若無睹不理她，打算至少和她說兩句話，讓她不那麼丟臉。

「齊……」剛到她面前，身旁突然站過來一個人，左俊昊一看，話音頓了，「陳讓你……」

齊歡眨了眨眼。她都做好了陳讓會直接擦身而過的準備，誰想他竟然站到了自己面前。

陳讓斜了左俊昊一眼。

左俊昊無奈，往旁邊讓開：「你來、你來。」

齊歡臉上已經掛上笑，滿臉期待。

陳讓從口袋拿出皺巴巴的答案卡扔給她：「妳的。」就兩個字，說完轉身就走。

齊歡愣愣打開，是昨天在一中多媒體禮堂做的答案卡，她花了二十分鐘填完，為了不讓閱卷老師發現是同一個人做的，她只能把每道大題都換了解法，最後一題還空了沒做。

展開一看，姓名處，她寫的「陳讓」兩字已經被劃掉，只剩「齊歡」。

齊歡小跑追上陳讓，在他旁邊問：「我厲不厲害，題答得還不錯吧？」

陳讓手插口袋裡走著：「還好。」

「有沒搞錯？我在我們學校年排第一ok？」

「那是你們學校的人蠢。」

她不服：「全城模擬考的時候我的分數只比你低一點點，你們學校能考贏我的也只有你一個！」

陳讓看她一眼，懶洋洋道：「我們學校的人，也蠢。」

「……」

被陳讓說蠢，齊歡很鬱悶，嫌莊慕幾個聒噪，沒跟他們待多久就去找別的朋友消磨時間。

這學期才開始，敏學剛搬到一中旁邊，按理說和一中的人熟不到哪去，尤其他們敏學惡名在外。不過剛搬來的時候，在認識陳讓之前，她倒是有碰上一個挺有趣的一中女生。

人長得白白淨淨，看起來說是國中生都有人信，偏偏也是高二的。

齊歡那天心血來潮在校外早餐店吃早點，和那個女生坐同一桌。等餐上桌的時候，見那個女生竟然還在抽空做習題本，無聊瞄了一眼。名字是兩個字：紀茉。

——寂寞。

她一個沒忍住笑出聲，惹得人家臉紅，默默往旁邊挪。

然後她吃著麵，隨手指了個地方告訴那個「寂寞」女孩：「這題寫錯了。」

小女生怯生生看了她很久，她無所謂，自顧自地吃。好半天對方才下定決心，紅著臉，把習題本往她的方向推了點，聲音像隨風輕晃的銀鈴，聲音微小卻悅耳：「請問……能不能告訴我……怎麼做……」

按照嚴書龍的說法，一頓早餐的功夫，齊歡就把了個妹。

後來走在路上碰到過紀茉，齊歡特地囑咐身邊一群敏學的小混混說：「看清楚了啊，這小女孩我罩的，你們為非作歹別欺負到她頭上，不然我逮一個、揍一個。」

齊歡的烏鴉嘴還真靈了一半。沒過多久，某天下晚自習紀茉就遇上了一堆校外的混混威脅她，她慌張到不行，一張比巴掌小的臉嚇得白到沒了半點血色。正巧敏學的人路過，順手解了圍。

把敏學的一群人甩開，齊歡打電話給紀茉，紀茉爸媽都在公司上班，碰巧今天一起加班，於是約好去紀茉家裡玩。社區在禾城還可以的地段，兩房一廳，面積足夠。齊歡進門，稍微打量兩眼就收了視線。

經過洗手間，齊歡問：「妳幫我借的那兩次衣服都還給人家了嗎？」

紀茉說還了，笑得眼睛彎彎：「妳洗過了對吧？我同學說味道特別乾淨也特別香。」

她比了個V字手勢。

到紀茉臥室轉了一圈，有個粉色的帶鎖小日記本，齊歡來之前紀茉大概是在寫什麼，日記本翻開放著。齊歡作勢要探頭，紀茉連忙闔上，紅著臉塞進抽屜裡。

「開玩笑的。」齊歡樂不可支。在她臉頰輕輕捏了下，那小臉更紅了。

喝完飲料，兩個人盤腿在客廳的竹床上玩五子棋，紀茉端了一盤香瓜，去皮切成塊，妳一牙籤、我一牙籤，開心地戳著吃。

玩五子棋的技術兩個人都差不多，輸贏輪流，正說說笑笑，門突然開了。

「茉茉，媽媽幫妳買了飯，妳自己吃，我等一下還要去公司……」留著長髮的女人拎著外帶進來，五官和紀茉有三分像。

紀茉一愣，倉皇從竹床上下來站好，肩頭繃得有點緊：「媽媽……」

門「啪嗒」關上，紀媽媽抬頭見家裡還有人在，視線微凝，「帶同學回來了？」

紀茉聲音低了：「是。」

主人家倆母女在說話，齊歡不可能大喇喇坐在竹床上看，跟在紀茉身後：「阿姨好。」

紀媽媽笑也沒笑，換鞋走進客廳，見竹席上的東西臉色有點不大好：「茉茉你作業做了嗎？」

「已經做完了。」

「預習呢？明天上課要學的東西提前看過沒有？」

「……」紀茉抿了抿唇。

齊歡忙解圍：「阿姨，我來就是要跟紀茉一起看書的。就想先放鬆一下，再開始讀書。」

蹩腳的爛理由。

紀媽媽打量她幾秒，目光流轉，最後還是沒說什麼。

回了紀茉的房間，紀茉扯齊歡的袖子，小聲說：「對不起。」

齊歡失笑：「妳道什麼歉啦。」

沒說兩句，紀媽媽端了兩杯溫水進來，齊歡翻著紀茉塞給她的書，假裝在預習。

紀媽媽放下水沒走，目光在她們的頭頂盤旋。

她問：「茉茉，妳這個同學怎麼我沒見過？也是妳們班的？」

齊歡抬頭看她，頓了一下，說：「阿姨，我不是一中的。我是敏學私立高中的。」

紀媽媽的臉色一下子變了。

「齊歡成績很好的，真的！」紀茉急急地開口，「上次全城模擬考齊歡是全城第二，就比我們學校第一名分數低一點點。她很厲害，媽媽妳可以看那張排名表，上面就有她的名字。」

紀媽媽半信半疑，臉色慢慢緩和下來，笑著說了句：「……是嘛，那很厲害。」

紀媽媽走出房間，氣氛一時降到低點。誰都沒心情說話了。

沒過兩分鐘，紀媽媽又走進來，這回臉上堆滿了笑容，要多慈祥有多慈祥。她端了滿滿一盤水果給她倆，「妳們好好看書，齊歡同學多教教我們茉茉。」

「媽媽……」

紀媽媽沒理紀茉，說了好幾句才看她，「妳呀，就應該多跟這種同學一起玩。」

這前後態度的轉變，大概是看過了那張收起的排名表，確認齊歡成績好這件事不是假的。

很奇怪。剛才紀媽媽冷臉對她，齊歡感覺還好，並沒有多麼難以接受，畢竟她從小到大都不是什麼討家長喜歡的小孩。現在紀媽媽一臉親切恨不得把她誇上天，這轉變卻讓她覺得極不自在。

說了一些話，紀媽媽一改先前的不悅，笑吟吟把空間留給她們兩個看書，還順手幫忙關了門。

只剩她們兩個人。

紀茉垂頭，左手捏住衣袖邊緣，右手鬆鬆握筆，不知為什麼，眼睛酸酸的，「對不起……」

這是她今天說的第三句道歉。

齊歡抬手，拍她的頭頂，「妳道什麼歉啊，至少妳媽媽對我改觀了，對吧。挺好的。」

紀茉還想要說什麼，齊歡讓她專注看書，沒有繼續話題。

待了近一個小時，陪紀茉把下一個課程全預習完齊歡才走。紀媽媽送她到門口，熱情招呼讓她下次再來。

她笑著說好，一直到走出樓梯間，走到將要在天邊落盡的夕陽餘暉照射下，才沒了笑意。

齊歡一時不知道該去哪裡，站在原地半天沒動。

被認可了，是好事。至少比無論怎樣也得不到認可要強得多。

面前跑過第三個玩鬧的小孩時，齊歡抬眸，長睫在眼瞼上投下的陰影散去。她抬腳踢了下面前的小碎石，臉上是一副無所謂的笑容。

第二章　暗戀

陳讓家是獨棟別墅。一開大門，他皺眉，在紅地毯上站了站。鞋櫃前沒有換下來的鞋，但大理石地板上，從客廳一路到樓梯，有兩對沾著灰塵的腳印。

他穿著拖鞋，抿著唇一步一步走上樓。經過轉角第一間房，想忽略過去，還是在聽到裡面傳來的一陣陣聲音時，停住了腳步。

女人的呻吟，男人的低沉的喘息聲，糾纏在一起擰成一道噁心的浪潮，讓人反胃。

陳讓站了十秒，提步走回自己房間，重重摔門，震得門框都顫了一下。把書包扔在床上，他坐到書桌前隨便抽了一本書翻開，眼前的字像一行行蚯蚓，一個都入不了眼。外面的聲音越來越大了。像是要跟他示威一樣，在聽到他摔門之後，動靜越來越大。陳讓握著筆，許久沒有寫下一個字。忍了又忍，他猛地起身，拖著椅子開門衝到那間房前。

「砰──」的一聲。椅子重重地砸在門上。如果不是門的材質堅固，早就破了。

裡面的動靜停了兩秒。一個男人的怒吼響起來，「陳讓，你滾回房間去！」

陳讓狠狠踹了一下門，「你把這裡當妓院？要嫖能不能去外面！」

說完陳讓又一次回房摔門，或許是耳朵經受幾聲重響，這次耳鳴澈底隔絕了不想聽到的聲音。他躺倒在床上，用手蓋著眼睛，感覺到耳朵裡血管突突地跳。

十分鐘左右，門外響起一陣「碰碰碰」的搥門聲，還有一聲暴喝，「滾出來──」

門一開，門外的男人和他身型差不多，有幾分相似的臉正對他怒目而視。

他並不想叫爸的男人。

陳讓理也不理，直接從陳健戎身邊走過。

陳健戎一把拽住他，「給我站住！」

陳讓比他爸高一點，看陳健戎的時候視線向下，帶著冷淡與不屑：「搞完了？叫得真賣力……」他諷笑，「聽得我都想試試。」

陳健戎氣極，一巴掌重重搧在陳讓臉上：「狗東西！老子生你、養你就是讓你這個不知好歹的野種來氣我的！」

陳讓被打得偏頭，一邊臉頰泛紅。他輕笑：「野種？」

陳健戎雙眼赤紅，被他這語氣一激，反手又是一巴掌，將陳讓甩得腳步踉蹌，肩膀撞上了牆。

陳讓乾脆靠牆站著，閉眼仰了仰頭。嘴角滲出了血絲。他睜眼，笑意濃重，咧開嘴，大拇指抹過那一絲腥甜，喉嚨裡發出悶笑。

「我寧願我是野種。」

陳健戎猶如被踩到了什麼開關，一下子暴怒起來，衝過去扯著陳讓的頭髮，拽著他的頭狠狠往牆上撞。

「野種？你想得美！」一下接一下的砸，一聲又一聲的「想得美」。

他發狂一般，像是瘋了。唯獨怒意反復，始終不止：「都怪你……都怪你這個畜生！老子養你這麼大，要你多管閒事……狗東西！我叫你多管閒事……」

陳讓痛得受不了，暴起一腳踢開陳健戎。他撐著牆站穩，眼睛狠狠瞪著面前的男人。

陳健戎從地上站起，死死看了陳讓一會兒，無聲對峙數秒，忽地抄起一旁的杯子擲向陳讓。

一聲悶響，然後是杯子落地碎裂的聲音。陳讓站著一動未動，任玻璃杯碎在他腳邊。

牆上掛著的時鐘「滴答」、「滴答」。一道血液順著他的額角緩緩流下，比天邊赤紅的夕陽，還要鮮豔。

齊歡從紀茉家出來，無聊得到處晃。走到不知第幾條街，天色漸沉，她正準備回家，忽地瞥見前面有個熟悉身影。頓了一下，她揚聲喊：「陳讓！」

那道頎長的背影滯了一剎，沒有停，保持著同樣的頻率繼續往前——還略微更快了些。

齊歡小跑著追上去，略微喘氣，笑著拍了下他的胳膊：「沒想到能在這碰到你，我……」

話音在看到他臉上冷淡表情以及額角傷痕時戛然而止。

「你……」她慢慢收了笑意。

陳讓低垂的眼睫投下一片陰影，眼裡黑沉沉湧動著暴戾，語氣帶著厭煩和倦躁：「滾。」

一時沒反應過來的齊歡被甩在原地，那道前行身影，拒人於千里之外的感覺比以往更濃更甚。齊歡站了兩秒，拔腿跟上。跟了許久發現陳讓全然沒有目的地，一路走到哪算哪。她腳步不停，卻禁不住出神，滿腦子都是他臉上的傷。

陳讓忽然止步，齊歡差點撞上他。二人停在巷子中間，前後都沒有人，什麼時候走進來的，她自己也想不起。他站著，慢慢轉身，眼神鎖在她身上，讓齊歡一時有些僵滯，更不敢動。

風從腳下穿過，貼著巷子的老舊石板地，吹起一股青苔的陰溼氣味。

「陳讓……」齊歡看著他走近，微微往後退了一點。

陳讓步步逼近，她卻無法一直往後，直到他站在她面前，腳尖貼上了她的腳尖，彼此距離近到只能放下一個拳頭。齊歡能感受到他的呼吸，一垂首，額頭就要抵上他的胸膛。被他的氣息縈繞包圍，她感覺自己頭皮發麻，脖頸和背脊像是快要燒起來般。

陳讓抬腳，踩住齊歡的鞋面，沒有用多少力，但他比她大的男性鞋底完完全全覆在她鞋上。

「妳跟了這麼久，我成全妳怎麼樣？」

那顆幾乎像是埋在他懷裡的腦袋驀地抬起，陳讓沒給她任何反應機會，拽著她的手就把她用力推到牆邊。齊歡下意識輕聲痛呼，肩膀撞到巷壁，還沒站穩，他的身軀就壓了上來。

陳讓鉗住她的下巴，她受驚嚇的表情不到一秒就變成了吃痛。他扯她的衣服，腿壓住她的膝蓋，動作粗暴而兇狠。

「陳讓……陳讓！」齊歡痛得眼角泛淚，她的手抵在他胸前推拒，卻被壓得動彈不得。

露在外的皮膚已經被掐捏得泛起了紅，齊歡沒辦法，慌亂間抽出卡在自己和他胸膛間的手，揚手甩了他一個巴掌——「啪」的一聲，空氣都靜了。

只有他和她無法平復的呼吸聲。

陳讓本就帶著傷的臉上，浮起一個五指印。他鬆手，啐了一聲，嗤笑：「妳三番五次來找我，為的不就是這個？裝什麼？」

「不是。」齊歡揪著衣領平復氣息。她看著他的眼睛，喉間發顫，不停否認：「……才不是。」

夕陽沉沉，澈底降下。

「我今天本來很不開心。」她垂著眼瞼，臉上褪去因激動生出的潮紅，開始泛起淺淺的白。揪著衣領的手鬆了些許，她說，「可是剛剛看到你，一下子，就變得很高興了。」

陳讓看著她。

幾秒後，他道：「那妳現在可以不用高興了。」

他不再理會她，像什麼都沒發生過，轉身朝向巷子出口走。

齊歡背靠牆緩緩蹲下，抱膝蹲在原地，後背蹭髒了一片也不在意。巷子不長，又有些長。亮起的路燈下，開始有飛蛾在盤旋。他的身影朝著黑夜而去。齊歡突然站起來，往他的方向拔足奔跑。

「陳讓——」

他停下腳步。她追上了他。

齊歡對著他的背影說：「我知道你不是故意的。」

「我是故意的。」陳讓半晌才出聲，他轉過身，臉上表情帶著嘲諷：「差點被人搞也能幫對方開脫，妳是天真還是蠢？」

「我知道你不是故意的！」齊歡兩手揪住自己的衣領，身體有些使不上力，但她的手還是捏緊了衣服，在肩膀處用力扯，沒兩下衣服就「嘶啦」一聲裂開一條裂縫。

「我的衣服，這件布料，很容易就會撕壞。可你扯了那麼久，一點都沒扯破。」

「你只是嚇唬我，我知道。」她眼睛泛起紅。

「我今天真的很不開心，可是看到你，看到你……」她有點說不出話，「我只是想看看你臉上的傷，沒有……別的……意……」

喉間哽咽卡住，她抬手捂住眼睛，突然說不下去。

路燈下，還有飛蛾在撲虛假的火光，彷彿永遠不知疲倦。快要入秋，夏天只剩下尾巴，潛藏在角落的蟲鳴聲中。

靜謐間，不知過了多久。屬於陳讓的氣息突然包圍上來，齊歡眼前暗了下來，光線全被隔絕在外。她遲鈍地揭開被拋到頭上那屬於陳讓的外套，眼睫上還掛著淚。那件外套不管是披是穿，都足夠蓋住她衣服肩膀處撕開的那道裂縫。

脫了外套扔到齊歡頭上的陳讓，還是一副冷淡表情，只是微微偏開了視線，不去看她，「洗乾淨還我。」

轉身前掃了眼她的臉，那雙眼睛裡水氣氤氳，怔怔朝他看。陳讓邁著步子，不由得蹙眉。唇瓣抿緊，內心忽然有股說不清的煩躁。陳讓走出巷子，外頭是哪條街他不清楚，也懶得去想。找了個靠牆的公共長凳坐下，頭向後仰起抵著冰涼的牆面，他闔目靠了一會兒，而後緩緩睜開眼，側過頭。

齊歡沒走，站在不遠處。她穿上了他扔給她的校服，有些大，罩在她身上，顯得整個人小小的。她神情猶豫地站了片刻，忽地跑向路邊。

女孩跑得很急，像是害怕他會走掉，幾分鐘不到就提著一袋子藥站到他面前，「藥店的店員說，這種對傷口最好，不會留疤。」

三兩下拆了包裝，她用棉花棒蘸浸優碘藥水，要幫他擦藥。陳讓偏頭避開。她頓了一下，又伸過去。另一手扶住他的臉，固定住不讓他再動。他的皮膚微涼，襯得她手指十分燙。

這一次，他沒有再抗拒，沒有別開頭，也沒有推開她的手。齊歡捏著棉花棒，手有些打顫，抿緊唇，專注看著他臉上的傷口。

夜風微涼，馬路上來往人跡，無論紛擾與否，這片刻都與他們無關。

坐著的陳讓比齊歡矮，他的臉被她撫在掌心裡。快要上好藥的時候，陳讓盯著她，忽然出聲：「妳都是這樣追人的嗎？」

齊歡動作一頓，又繼續在他額角最後一處擦好藥。她擰上藥瓶，一邊說：「沒有。」

他不出聲，也沒繼續問。

齊歡說：「不管你信不信，這是我第一次追男生。」她把用過的棉花棒扔進不遠處的垃圾桶。

「這些你帶回去，留疤不好。」塑膠袋裡剩下的藥，全塞給了陳讓。

齊歡攏了攏身上的他的外套，笑了下：「跟到這裡就差不多了，我也該走啦。」

不等他說什麼，便揮了揮手，轉身小跑向另一個方向。

陳讓坐在長凳上沒動。她走遠十幾步，像是突然想起來什麼似的，停下回頭看他，彎起眉眼唇角，「你都不跟我說再見的啊？」

陳讓頂著臉上還沒完全好的傷去學校，左俊昊一看就火了：「操，哪個不長眼的敢打你，這是要造反？」

季冰沒那麼大反應，臉色也不好看，皺著眉猜測：「不會是敏學的幹的吧？」

左俊昊立刻反駁：「不可能。敏學那群人十個還不夠陳讓一個人削的。」

季冰無語，「你這就有點誇張了。」

「不小心撞的。」陳讓從抽屜抽出書往桌上一甩，神色平靜地終結了這個話題。

左俊昊和季冰對視一眼。

「真的？」

陳讓「嗯」了一聲，低頭翻起書不再理會他們。

恰好鈴聲響起，季冰是別班的，拍了拍左俊昊肩膀，踩著鈴聲走人。左俊昊回了座位，一上午的功夫，好幾次想跟陳讓講話，陳讓一次也沒開口過，一副倦懶模樣，彷彿抬一下眼、多說一個字都會要他的命。

他就是這樣，高興的時候笑啊、說話啊都行，沒興致的時候，你是天皇老子也別想他開金口。

上午的課結束，人群都往樓梯口走，左俊昊和陳讓繞道去了廁所。站在陳讓旁邊撒尿，左俊昊擠眉弄眼問：「齊歡肯定又要來找你，欸，說真的，你心裡怎麼想的？」

「關你什麼事。」陳讓一臉平平，拉上拉鍊，頭也不回地出去。

「喂——操蛋！你等等老子。」左俊昊趕忙追出去。

放學後在福利社逗留是種習慣，陳讓幾個去常去的店買喝的，才站了沒一會兒，一個女生忽然跑到面前堵路。

「陳讓。」嗓音細嫩，和齊歡略帶爽朗氣的聲線不同。

左俊昊喝著奶茶，偏頭小聲跟季冰嘀咕：「又來一個。」

周詩寧心裡說不出的緊張。她喜歡陳讓很久了，她們班在八班隔壁，每天都能看到陳讓從教室窗外走過。陳讓有的時候是一個人，表情散漫，長腿邁開步子，長長的走廊轉瞬就在他腳下踩盡。有的時候他和一群人一起，在說笑玩鬧的吵雜中，他沉默而平和，帶著一絲對外界的冷淡，餘光從不向不相關的地方看。周詩寧和他一起做一中代表參加過幾次校外比賽，說過的話不多，但好歹有過交流。

「這週的模擬考考卷，我有些地方不太懂，可不可以請教你？」她問。

她知道陳讓這個人不好相處，有一次，她假借問題目的名義鼓起勇氣去找他，他只是掃了一眼題目，轉頭就把她的習題本給了斜前方的男生——他們八班的班長，一個戴著眼鏡潛心鑽研題目，兩耳不聞窗外事的正統好學生。從頭到尾只說了四個字：「問他，他懂。」

原本是不敢再把心事直白鋪到他面前，可是……可是敏學的那個齊歡纏他纏得太凶，纏得整個學校的人都知道了。她怕她再小心猶豫，陳讓就要被別人搶走了。

周詩寧用力握了握掌心，直視陳讓，努力不讓自己移開視線，又問了一遍：「可以嗎？」

左俊昊和季冰以及一群人在旁看熱鬧，靜等著陳讓表態。陳讓默然不言，仰頭喝了口綠茶，被豔日頭照得瞇了瞇眼。

等待的時間越長越是忐忑，但周詩寧又生出了些希望，以往他拒絕都是直接就開口，沒有馬上說不，那麼……

「不好意思。」

一道女聲突然橫插進來，打斷了周詩寧的思緒。

齊歡穿著敏學校服不知什麼時候從那邊跑了過來，臉上掛著一貫欠揍的笑容。她勾住陳讓的手臂，嫌不夠，又用了另一隻手，兩手抱住他的胳膊。她對周詩寧挑眉，笑嘻嘻說：「像追男孩子這種事，還是交給我這種壞學生來做比較好。」

陳讓轉瓶蓋的動作因她挽他的胳膊而頓了一頓，又若無其事地繼續。

周詩寧被突然出現的齊歡殺得措手不及，看見她挽陳讓的手臂，臉色微變。一秒、兩秒，始終不見陳讓甩開她，臉慢慢由紅到白，心也沉下去。

「妳、妳……」妳了半天妳不出半個字，周詩寧看了無動於衷的陳讓一眼，紅著眼跑了。

齊歡瞧著人家跑走的背影。

陳讓垂眸，終於出聲：「妳抱夠了沒。」

「啊？……哦！」她才想起來還抱著他的胳膊，立馬鬆開。齊歡看他那張沒表情的臉，嘖聲：「你還真冷淡，怎麼對誰都這樣。」

他道：「人是妳趕跑的。」

「我只是教她弱肉強食的規則。」齊歡撇嘴。這種事，心靈不夠堅強怎麼行，反正換做是她，別人要是挽著陳讓來氣她，她才不會跑，至少要嗆兩句才行。

頓了頓，齊歡又說：「人跟人不一樣。她就是那種好學生的追追，跟你一起寫寫作業呀，勾勾手指就臉紅得不行，這種抗壓性太差。」

陳讓睨她：「她是那種，妳又是哪種？」

「我啊？和你同一種的啊。」

齊歡驀地止言，笑了笑，「算了不說了，我回去了。」

她剛轉身就被左俊昊叫住，「妳這就走？」

「是啊，剛剛看到這邊有情況就跑過來了。」齊歡故意嘆了聲氣，「不看緊一點我的肉都要被野狼全叼走了。」

「噗——」被她野狼和肉的比喻逗笑，左俊昊猛嗆了一口飲料，邊笑邊咳得上氣不接下氣。

齊歡轉眼跑了。

左俊昊擦乾淨嘴巴笑著跟陳讓說：「她……」話音一頓，他愣了下——剛剛那剎，陳讓似乎勾了勾唇。

再定睛看去，哪有半點笑意，那張刻板臉上還是那一副平淡神色。

「走了。」

怔愣間，陳讓已經出了福利社。

左俊昊回過神，和一群人一起大步跟上。扔了喝完的空飲料杯，抬手用力搓了下眼睛。

今天的太陽真毒，都照得他眼花了。

去紀茉家留下了不太美好的記憶，對於這一點，紀茉甚至比齊歡還在意。

下午上課之前，齊歡收到紀茉傳來的訊息：『對不起，我不該沒弄清楚就帶妳回家，很抱歉讓妳不高興了。』

措辭有些拘謹，一看文字，腦海裡馬上能勾勒出她趁著午休這點時間，偷偷摸摸寫訊息的小心模樣。還沒回過去，馬上接著來了第二條：『別生氣。』

齊歡一笑，覺得這姑娘真的超級可愛，乾脆直接打電話過去。

紀茉的聲音很低，微微沙啞：『喂。』

齊歡取笑：「妳偷偷傳訊息啊？」

『不是……』她說，『我一個人在家。』

「怎麼了？」

『今天請假了，早上起來有點燒。』

齊歡一個皺眉：「沒事吧？」

紀茉咳了兩聲，說沒事，『吃過藥已經好多了。下午在家休息，晚上去上自習。』

齊歡對她的上進心表示不滿，「生病了就老實在家躺著，自習上不上有什麼關係。」

紀茉笑了兩聲，頓了頓，說：『我放學之前過來，妳想不想吃餃子？上個禮拜我跟我媽媽一起包的。』

齊歡說好啊。

『那我幫妳帶一盒。韭菜還是瘦肉？』

「瘦肉。」

『好。』

聽她又咳了，齊歡讓她趕緊休息，沒再繼續說。

幾節課過得很快，老師走人，莊慕過來問她：「晚上吃什麼？」

「你們去吃吧，我今天不去。」紀茉說要帶餃子給她，她胃口不大，吃不了其他東西。

嚴書龍鈴一響就跑來了，接話：「歡姐約人了？不會是陳讓吧？」

齊歡哼笑：「你歡姐倒是想。」

她不去，莊慕也不去，讓嚴書龍幫忙外帶，大喇喇往齊歡身邊一坐。齊歡玩著手機等，最後一堂課過一半時紀茉傳訊息說出門，應該差不多該到了。十五分鐘過去，紀茉還沒來。齊歡等得不對勁，給紀茉打電話，撥號一聲一聲，始終沒人接。時間越久，眉皺得越緊。

最後，「嘟——」地一聲忙音，掛了。

※　※　※

晚自習。八班秩序良好，唰唰唰一片做作業的聲音。陳讓坐在最後，寫題寫得隨意，只挑有難度的題目做。

第一節自習結束，鈴聲一響半數人起身，有的去洗手間，有的出去走廊上吹風。

「左俊昊——」門口有人喊，趴桌上睡覺的左俊昊抬頭，瞇著眼往外邊看。叫他的人是個不認識的，正納悶，視線往喊人的旁邊一掃，愣了。趕緊拍隔著條走道的陳讓：「欸，齊歡來找……」

陳讓抬眸，左俊昊的話沒說完，門口的又喊了聲：「左俊昊你出來一下，有人找。」

幫忙喊話的人旁邊就是穿著一中校服的齊歡，她微低頭，頭髮遮住了半張臉。兩句話都只叫他，擺明了就是來找他。左俊昊的手停在陳讓身上，摸不著頭緒，還是起身出去。

陳讓手裡頓了頓，筆尖在習題本上暈開一團墨跡。

齊歡和左俊昊到走廊轉角說話。

「妳怎麼在我們學校？」

「翻牆。」

他豎起大拇指，「妹妹，很熟練喔。」

齊歡沒空和他廢話，「我找你有事。」

「妳說。」他換了個站姿，左右看了眼，想抽菸。

「你認不認識你們年級有個叫林江路的。」

「林江路？」左俊昊想了幾秒，「哦，那個吊兒郎當的……知道他，怎麼？」

齊歡滿眼沉色，「把他帶出來。」

左俊昊一愣。

「算我欠你一個人情。下次你來敏學，找誰都行，拆校長室我也不攔。」

左俊昊手緩緩插進口袋裡，「他惹到妳了？」

齊歡頓了幾秒，臉色冷凝。

「耍人，還想脫人衣服。」她說，「我朋友，女的。」

左俊昊回到教室，沾著椅子才沒幾秒，第二節自習前又出了教室。

陳讓破天荒問了句：「去哪？」

他頭都沒回：「有點事，我去找季冰他們。」

「等一下老師會來。」

「隨便，不差這兩句。」

他的身影很快消失在後門外。

齊歡下午沒等到紀茉，放心不下出校門沿著她家的方向找，沒走太久，在一中附近的巷子裡找到了人。她蹲在角落，飯盒裡的餃子灑了一地，手忙腳亂想把弄回盒裡，一個個白胖餃子全沾了泥，手指上也沾到泥，白皙手腕上的紅痕醒目無比。齊歡跑過去，喊她一聲，她往後縮，看清來人後眼淚像斷了線一樣掉了下來。

紀茉本來快到了，只是走路慢，怕齊歡久等抄了小路。哪知道遇上一群在巷子裡抽菸的人。是他們一中的，同為高二，但是和她們班不在同一個樓層的放牛班。家裡有錢買進來的，不服管教，為非作歹什麼都幹。

紀茉匆匆想走，被他們一群人纏住。或許是見她這種乖巧小白兔慌張嚇白臉的樣子很有趣，林江路拽著她的手腕，半開玩笑半認真地動手要脫她衣服。飯盒掉地上餃子灑了一地，紀茉怕得要命，邊哭邊掙扎。

以林江路為首的人捉弄夠了，見她拚命的架勢，呿了聲甩手，還說：「好學生都這麼玩不起？」

經這麼一遭，才耽擱了。紀茉在齊歡懷裡哭得停不下來，「本來應該……早就到了……餃子也沒有了……」

齊歡哪還有心思吃什麼餃子，氣得快炸了，只想把那群人摁在地上打一頓。連紀茉這種女生都欺負，一中的渣滓真的該死。

莊慕和齊歡一起跑出來找人，齊歡跟敏學一夥人說紀茉是自己罩的時候他不在，不認識紀茉，但看情況也氣得不行，馬上電話打給嚴書龍，讓他趕緊過來。

紀茉膽子小，碰上這種事哪還有心思上自習課，齊歡送她回家，等她睡著了才出來。莊慕一群人準備好了，齊歡讓他們等著，自己穿上一中校服翻牆進去。

左俊昊和齊歡交情不深，來往都是與陳讓有關，見面說兩句話而已。人和人相處看氣場，齊歡的性格他喜歡，況且她除了跟陳讓示好，對他們也不錯，也是因為她，不然他和嚴書龍那群人在撞球室的矛盾也不會不了了之。

這件事他答應了齊歡，就當是賣她個面子。畢竟林江路這種人他也挺瞧不起，只會欺負女人，算什麼本事。

跟季冰幾個說了一下，一群人去找林江路。別的人早在鈴響後就進教室，他們一行人漫不經心走過走廊，惹得所經班級裡的人紛紛朝窗外看。

林江路在座位上和周圍幾個人打牌。

門被「叩叩」敲了兩下，引得一班人抬頭看，只有後面打牌的頭也不抬。

「林江路，出來。」

被點名的林江路抬頭張嘴就罵：「誰他媽……」看清門口的人，話音頓住。

左俊昊靠著門，身後跟著一群人，都盯著他。整個班靜了下來，鴉雀無聲。

高二八班的左俊昊，跟陳讓一起的。他們一群人，狠起來別說一中，整個禾城的中學，包括幾個職高都沒人打得贏。

左俊昊沉沉睇他，歪了下頭：「──你，出來。」

週四晚上，林江路被八班的左俊昊一群人收拾了，準確地說是左俊昊和敏學的人，一起收拾林江路那夥人。沒人知道具體發生了什麼事，唯一清楚的是林江路得罪了隔壁敏學的齊歡，第二天下午臉上掛著彩來學校，人一下子變得老實了很多。

林江路惡事沒少做，學校裡很多人都被他欺負過。左俊昊他們惹事都在校外，一般學生不去招惹他們根本不會有麻煩，敏學的在自己學校亂，更礙不到他們頭上。於是私下裡嘀咕林江路活該的人不少。

陳讓知道這件事時，同樣是第二天了。

左俊昊沒瞞著，該說的都說了。齊歡本來想讓敏學的人動手，季冰他們看不慣林江路的下作，沒忍住先收拾了一頓：「男的跟男的解決，齊歡一個女的我們不好讓她參與。不過最後她放話，說以後林江路再敢扒女生衣服，猥褻女孩子，犯到她手裡她絕對不會讓林江路好過。」

陳讓淡淡掃他一眼，「她跟你很熟？」

「不是很熟，我跟她說話的時候你不是都在？你都看到了啊。」左俊昊抖著腿，「跟熟不熟無關，這事本身就是林江路犯賤，我們這群人要是誰做這種噁心事，我肯定也頭一個削他！是沒見過女的還是怎麼樣？」

「而且——」左俊昊得意地笑起來，「齊歡主動來找我幫忙，那麼漂亮一個女生，叫聲哥哥誰不心軟，我怎麼也不能讓她失望對不對？」

說著，外頭有人找，左俊昊應了一聲起身出去。

陳讓眉眼低斂，面前攤著本書。筆在計算紙上無意識畫了幾道線。

他提筆，在上頭打了個叉。

數學老師的課，一進教室苗頭就對準左俊昊。他蹺了前一晚的自習，哪來得及做作業。以前不是沒蹺過課，但昨晚的事情格外誇張，一群人明目張膽在還沒放學的時候出校門，聽說還在校外鬥毆，作為班導師，數學老師想不找他的碴都忍不住。

「你來講一下第五十六頁的這題。」

左俊昊光顧著跟陳讓說前一天的事，忘記抄作業，臉上發慌，拚命對陳讓使眼色。不知道怎麼了，往常都會甩手把作業本丟給他的陳讓今天沒有半點反應。

左俊昊壓低聲音叫他：「陳讓……讓哥！」

沒有任何回應。

「——操，陳讓你小聾瞎啊！」

「我讓你答題，你嘀嘀咕咕什麼！」數學老師重重一掌拍在講桌上。

左俊昊臉擰成一團，沒辦法，只能認命：「老師，我沒做。」

數學老師等的就是這句話，當場暴怒：「那你還在這廢話！滾到外面去罰站！」

左俊昊摸了摸脖子，知道這就是專門來收拾他的，認命出去。走前沒忘偷偷朝一臉淡定的陳讓豎中指。

——兄弟情都被狗吃了！

一中的男廁所設計有點獨特，陳讓習慣在最裡面一排最後一個位置，因為地理優勢，一般人不仔細看看不到那個角落。小解完正準備走，有人進來。說話聲一句接一句。

「路哥，左俊昊跟敏學的人搞你也太過分了，咱們要不要搞回來？」

「你嫌老子挨打挨得還不夠？」

「我就是看不慣他們跟外校的人一起……」

「看不慣又能怎麼，你搞得贏左俊昊和陳讓？你有幾條命夠跟他們硬碰硬？」

陳讓神情淡漠，拉上褲鏈要出去，忽聽那兩人話鋒一轉，提起齊歡。

「這打挨的是夠憋屈，不過，哼嗯，隔壁那齊歡長得是他媽不錯，要是搞上她，別說挨打，再打老子兩次老子也認了。」

跟林江路說話的人沒想到他會有這種想法，「路、路哥你……」

林江路哼哼唧唧笑起來，「找機會先去跟齊歡賠禮道歉，她想怎麼樣老子就怎麼樣。時間一長搞到手了，人都是我的，還需要說別的？」

「可是，聽說齊歡她不是在追陳讓……」

「追就追啊。」林江路不在意，他說，「陳讓又不理她，她倒貼能貼多久？再說老子哪點不如陳讓，她試一試就知道老子的好。到床上來，保證把她收拾服服貼貼！」

陳讓從裡面走出去。

林江路還在笑，旁邊那個人眼尖瞄到陳讓，嚇得臉都白了，趕緊用手肘戳他。

「操，你幹什……」切斷電源一般，噤聲的瞬間差點咬到自己舌頭。

陳讓沒理會他們，連個眼角餘光都沒瞥過去，走了出去。

背後安靜了一剎，傳來鬆氣的聲音。

「媽的，嚇死老子了……」

學校人多，在球場打球，都是一半一半的占場地。陳讓和左俊昊、季冰一群人在左邊第一塊位置，另一半好巧不巧，林江路那夥人在用。

季冰拍著球嗤笑：「平時還挺跩，收拾一遍見了我們連氣都不敢喘。」

左俊昊咧嘴：「病病你別這麼說，多傷人家的心。」

季冰對這叫法深惡痛絕，球直接朝左俊昊臉上砸：「滾——」

他名字諧音聽起來不好，發音不準就像是在喊「疾病」、「疾病」，別人都不敢拿著個打趣他，只有左俊昊這個賤人，整天沒完沒了「冰冰」、「病病」交叉著喊。

他倆互相鬧，陳讓接過球，自顧自投籃。

一群人開始打球，林江路那邊小心翼翼半天，見他們沒有要過來做什麼的意思，也開始打。

兩邊都打得熱火朝天，突然「碰」地一聲，一顆球直直朝林江路腦袋砸去，砸出好響的動靜。

兩邊人馬都停下動作。

左俊昊幾個人全都看著陳讓，林江路他們自然也猜到球是從陳讓手裡飛過來的。陳讓甩著手腕，臉上沒有半點歉意，連句不好意思都沒說。

「讓哥脫手了？」林江路呵呵笑著，自己打圓場，把球扔還給他們。

腦袋他媽的疼，操。

左俊昊搶到球，傳給陳讓。局勢火熱，然而沒等到陳讓投中，球又飛出去，又一次砸到了對面，不偏不倚又正好是林江路頭上。這一下砸得林江路眼冒金星，差點沒忍住飆出髒話。轉身就見陳讓站在那，沒什麼表情，但是讓人心裡發毛。

他咬著牙擠出笑：「……讓哥又脫手了？要拿穩啊。」

球回到他們那邊。

說實話林江路已經沒心情再往下打了，誰知道什麼時候又飛來……

「碰」地一聲，當球再一次落到他腦袋上，他差點就要忍不住了，但看看那邊的人，忍不了也還是得忍。

林江路壓下火氣，從牙縫裡擠聲音：「陳讓，你不是故意的吧？投籃都沒有你準。」

這次他沒有把球扔回去，球自己滾回陳讓腳邊。

陳讓撿起球，用五指托著，看了林江路一會。左俊昊正要說話。就見他眼神一沉，抬手當著所有人的面把球砸到了林江路臉上。

「碰──」地一聲悶響，林江路摔坐在地上。

「我就是故意的，怎麼？」

那邊的人衝上來，左俊昊雖然沒反應過來是什麼情況，但他們也不是吃素的，要打架誰怕誰？兩邊人馬對上，林江路的人想動不敢動，氣氛看似劍拔弩張，實際卻是在氣勢上就被壓了一大頭。

別的球場的人都朝這邊看。

陳讓走到林江路面前，後者掙扎著剛爬起來，往後退了兩步。

捏著球頂住林江路的左肩，陳讓冷眼，垂眸睨他：「──服服貼貼？」

齊歡知道陳讓在籃球場上把林江路揍了一頓以後，放學後立刻去找他。

「你跟那個林江路也有過節？你不早說，你要早說我那天就幫你一起收拾他了！」

陳讓坐在樹蔭下喝水，她就蹲在旁邊側頭看。

混進來一中已經成了常態，她越來越自然，堂而皇之從教官面前走過絲毫不緊張。只要不在一中惹事，已經抓不到她了。

陳讓旋緊礦泉水瓶蓋，說：「沒過節。」

「沒過節你幹嘛揍他？」

他瞥她：「……」

見他不答，齊歡抱著膝蓋，話題一轉：「左俊昊幫我忙，我欠他人情，週末去玩，你會去吧？」

他看著前方球場上來往的人影，沒正眼瞧她，眼睫顫了下，「不去。」

「我請他吃飯，你也一起來啊？」

「不吃。」

「那去打撞球，或者玩別的……」

「不玩。」

齊歡被噎得語塞，下巴抵住膝蓋，嘆氣：「哥哥你也太掃興了。」

她瞅了他半天：「真的不去？」

他不語，懶得再回答。

「好吧。」齊歡揪了兩根草，不勉強他，起身拍了拍褲腿，「那我走了啊，我學校還有事。」

動了兩步停住，盯著他：「……真的真的不去？」

沒等陳讓回答，她馬上又說：「算了！當我沒問。不想去就不去，你高興怎麼樣都行。」這次是真的走了。

陳讓捏著礦泉水瓶坐在那，眉頭擰了下。喉頭動了動，將卡著沒能說出的話，緩慢咽回去。

※　※　※

嚴書龍看上了高一一個學妹，正在興頭上，追求熱情十足。整天把學妹掛在嘴上不算完，還老在齊歡面前炫耀。

「妳看，人家這顏文字多萌！」

「哎喲，這表情太可愛了！」

「你們都不知道，昨天打電話時，我家小寶貝的聲音那叫一個軟……」

嚴書龍是什麼樣的人大家都清楚，新鮮勁在的時候捧上天，勁頭過了馬上換下一個。這行徑只惹來一片「滾蛋」的回應。

齊歡當然不可能「嫉妒」，只是因這忽然想起來——認識有段時間了，她連陳讓的聯繫方式都沒有。

越想越不爽。

週末有人過生日，嚴書龍藉機把學妹叫來打算增進感情，齊歡自然也會去。請左俊昊吃飯要往後延，找他說的時候一起要了聯繫方式，「陳讓的電話號碼能不能給我？」

左俊昊二話不說給了，不過提醒她：「陳讓那人妳知道的，我平時跟他打電話，除非他有事，就沒有一次能說超過十句話。妳自己注意。」

「好。」齊歡謝過他。

晚上，齊歡洗完澡在被窩滾了幾圈，對著手機裡存的號碼看了半個多小時，終於下定決心撥號。漫長的嘟音像貓爪一樣，撓得她心裡又癢又慌。

『喂。哪位？』三個清爽又有點低沉的字音飄進耳裡，齊歡緊張得捏緊了被角。

「那個，是我，齊歡。」

那邊默了默。

『有事？』

「就……」齊歡難得結巴，國中開始就沒少在升旗臺上在全校的學生面前發言，從沒有過像這樣的緊張。她咽了咽喉，扯了個理由：「我有一個題目……呃，不會做，想問你。」

他沒出聲。

她小心翼翼：「會不會吵到你？你在忙嗎？」

『忙。』

面對這毫不客氣的回答，她怔愣，「啊。忙……忙什麼。」

『自慰。』

「……」

齊歡臉發熱。猝不及防，背靠著床頭坐著，一時不知該怎麼接話，感覺棉被好像太厚了。

心裡默數，好像快超過十句話了……

她尷尬憋出一句：「我打擾你了。」

他聲音悠哉，沒繼續，只說：『題。』

「什麼？」

『題目。』

齊歡頓了頓，反應過來手忙腳亂下床，翻書桌上的習題本，「等等，我翻……翻一下，就是……這個……」

找到一道有點難度的題，她說給他聽，講了三遍才說清楚。

『知道了。』陳讓說，『我念步驟，妳寫。』

「哦哦，好。」

他條理清晰，沒幾句就把解答過程說完了。

齊歡其實會做，為了跟他多講幾句話，裝模作樣的誇讚：「你好厲害啊，這麼難的題目這麼快就解出來了！」

陳讓把她做作的語氣聽在耳裡，沉默了兩秒：『妳的年級排名第一，是路上撿來的？』

齊歡：「……」

『沒事就掛了。』他不廢話。

「等等等等——」齊歡激動起來，「先別掛、先別掛！等一下！」

『有事？』

「那個什麼，我……」她飛快轉動腦筋，想找個理由，半天也沒想出好的，只能說，「大晚上吵你很不好意思，有空我請你吃飯怎麼樣？多虧了你解這麼難的題……」

那邊沒說話。

「陳讓？」

『嗯。』他不鹹不淡地應了句。

「還在？」

『妳說呢？』

「……」齊歡咳了聲，「你覺得可以嗎？」

他說：『再說吧。』

談到這裡差不多要掛電話了，再拖下去也拖不了多久，齊歡見好就收，趕緊道了幾聲謝，說：「那，時間不早了你早點休息，明天有不會做的題我再打電話給你……晚安！」

不等他說什麼，「啪」地把電話掛了。心跳得飛快，一下一下慌亂撞著胸腔，像是快要跳出來般。久久難以平復。

陳讓穿著一身睡衣，倚著書桌桌沿站，頭髮半濕。他把手機隨手往桌上一丟，壓在計算紙上。那道齊歡打來問的題目，計算過程簡略而明瞭，紙上的筆跡墨水還沒乾透。

點了根菸抽，窗開了一半，夜風吹進來，薄煙剛飄起就被吹散。手機嗡嗡震響。他瞥一眼，是左俊昊。

菸夾在左手食指和中指間，菸尾猩紅一點，「喂。」

菸氣隨他說話沁出，籠住眉目，他瞇了瞇眼。

那邊左俊昊沒有半個字廢話，聲音焦急：『李明啟那傢伙堵了季冰，你趕快來——』

齊歡聽說陳讓他們和社會上的人又打了一次架，鬧得還挺大。她們學校的人知道的不多，白天在學校沒辦法打聽清楚，又因為有事好幾天沒能去一中門口找陳讓，一直心神不寧。

晚上，齊歡洗完澡披著濕髮趴在床上，翻了翻書，一個字都看不進去。她翻來覆去，仰面躺著，看著天花板，手機握在手裡，拿起又放下。

「啊啊啊啊——」把手機舉過頭頂，齊歡放在眼前看著，糾結許久，終於撥通那個早已熟背的電話號碼。

第一次沒有接。她不死心，又重新撥了一遍。正當她做好撥第三遍的準備時，那邊終於接起了。

陳讓略低的嗓音響起來，感覺有點煩躁，帶些淡淡的倦意，『喂？』

「陳讓！是我是我。」齊歡很歡喜。那邊沒說話。齊歡聽不到聲音，以為訊號不好。她把手機從耳邊拿下來，看了看。訊號滿格。

她重新把手機放回耳邊，手指無意識抓著被單，「陳讓，你怎麼不說話？」

『說什麼？』

「你剛剛在幹嘛？」

『睡覺。』

齊歡頓了下，「我吵醒你了？」

那邊響起一陣悉悉窣窣的聲音。

一片黑暗房間裡，陳讓把床頭的燈打開，背靠著牆，隨手拿起玻璃杯，仰頭喝了點水。涼涼的水入喉，混沌的精神稍微清醒了一些。

『我聽說你前兩天和別人打架了？』齊歡試探性地問。

陳讓不置可否，用鼻音淡淡地「嗯」了一聲。

『為什麼？發生什麼了，是你們惹到誰了，還是——』

「齊歡。」他喊她的名字。

齊歡話頭被打住，她應：『嗯？』

「妳很閒嗎。」陳讓問。

『……』

陳讓懶得和別人說話，更不喜歡說廢話。卻破天荒地沒掛齊歡電話。就讓氣氛這麼僵硬著。

齊歡被噎了半晌，知道自己從他那問不出什麼。但想和他多說說話，她只能絞盡腦汁地轉移話題，『對了，我請左俊昊吃飯，你真的不來嗎？』

他不說話。她就自言自語：『應該是下週，這週日我一個朋友過生日，我們去新開的那家皇朝灣唱歌，所以只能延期……』

「跟我有什麼關係？」

『……我就是想問你到時候吃飯去不去。』

陳讓聲音沒有什麼起伏，「妳請他吃飯，我去幹什麼？」

『你好久沒看到我了，不想我啊？』齊歡不正經地跟他打諢。

陳讓說：「不想。」

她笑，一點都不害臊：『我想你啊！』

「……」

下一秒，電話就被掛斷了。

※　※　※

課間鈴聲一響，教室裡又開始躁動起來。下課時，季冰一群人來八班，圍在陳讓和左俊昊座位周圍。說起週末去哪玩，意見不一。

「去打撞球？」

「有什麼意思，天天打、天天打，看到都要吐了。」

「去唱歌？」有人提議。

馬上被否決：「不要吧。」下巴一抬指向陳讓，「讓哥不喜歡。」說的也是。雖然陳讓對什麼都沒有太大興趣，但KTV太吵，待久了他容易暴躁。

「去……」

話還沒說完，一直不做聲的陳讓忽然開口：「我沒關係。」

「什麼？」

他翻著書，隨意道：「唱歌也行。」

幾個人愣了下，不過也沒往心裡去，斟酌道：「那就去龍港？」

剛有人要附和，陳讓淡淡說：「太遠。」

遠也不行，提議的人摸了摸後腦，想說龍港環境不錯，最後還是沒有講。

季冰道：「最近好像有家新開的KTV，叫什麼皇朝灣？龍港太遠了，可以去那間看看。」

一群人瞥陳讓，他沒反應，不拒絕、不點頭。不表態就是默許，於是就此拍板。

「行，週末皇朝灣。」左俊昊是個行動派的，隨即訂了包廂。

齊歡見到了嚴書龍追的學妹，挺可愛的女生，在她面前十分乖巧，跟著嚴書龍喊了聲歡姐。她給壽星的禮物送出去之後，就一個人窩在角落看他們熱鬧。

「歡姐，來唱歌？」聲音透過音響傳遍整個包廂，說話的把另一個話筒遞給她。

「不了。」齊歡搖頭，「我嗓子不舒服，你們唱。」

除了莊慕和嚴書龍，一群人也不太敢開她玩笑。見她懶洋洋笑著，靠著沙發椅背不太想動彈的樣子，便沒堅持。齊歡無聊，端起桌上的酒杯，喝了一杯下肚。她酒量不太好，不敢多喝。

嚴書龍出去抽菸，轉了幾圈，回來的時候說：「欸，一中的好像也在這裡。」

齊歡聽到，問：「一中的？」

「對。就陳讓、左俊昊他們。」

這麼巧，齊歡一下來了精神，「哪個包廂？」

嚴書龍回憶了一下，說了個數字。

齊歡當場站起來。

「歡姐妳去哪……」

「你們玩！」她頭也不回，推門走了。

齊歡在門口站了一會兒，透過門上的玻璃往裡瞧，左俊昊那群人在裡頭熱鬧，玩得正嗨。除了他們一群男生，也有女的。人影走動，裡面光線又暗，她看了半天沒看清陳讓在哪。只能把門推開，慢慢探頭進去，瞇著眼找了半天，終於找到陳讓處於角落的身影，還沒多看兩眼，下一秒她就被人發現。

「這他媽誰啊——哎，齊歡？」

這一聲把左俊昊招來了。齊歡乾脆大方進門：「好巧啊，你們也在這邊玩。」

左俊昊笑：「是哦，巧了。妳朋友在這過生日？」

她點頭。

「來來來，趕早不如趕巧，一起坐。」左俊昊趕忙招呼她。

齊歡也不扭捏，應下了，只是在他遞來酒杯時擺手婉拒，「我不能喝，等等會發酒瘋。」

「真的假的，一杯不至於吧？」左俊昊笑著調侃，手裡卻放下杯子沒強求。見她眼睛不斷朝角落瞟，心知肚明，彎唇湊近她小聲說：「那人啊，一進門就坐到現在，除了去洗手間就沒見他動彈過。」

那人是哪人，兩人心知肚明。左俊昊不拉著她多廢話，掛著一臉笑去了別處。齊歡直奔角落，湊到陳讓身邊坐下。

陳讓眼皮一顫，沒抬眸。

「好巧，你們今天也來這裡玩啊！」齊歡笑得見牙不見眼。

他沒回應，手機螢幕五花繚亂，正在遊戲畫面。

「你一直坐在這裡玩遊戲？」她問。

「嗯。」

「不無聊啊。」

他沒理會。

齊歡盯著他，又盯他的螢幕，視線來來回回移動。

她一直在旁邊看著，很干擾人。陳讓暫停遊戲，側頭：「有事就說。」

「我沒什麼事……」她一頓，笑起來，「就是想跟你講講話。」

「……」陳讓收了目光，繼續打遊戲。

齊歡看他玩了一會兒，用食指戳他，「我唱首歌給你聽。」

他理也不理。

「陳讓？」她喊他，「你別玩了。」

陳讓手指不停，彷彿沒聽到。

齊歡只好閉嘴。他不跟她講話，玩的遊戲她又不感興趣，在他旁邊乾坐著無聊極了，她悶悶端起桌上的杯子喝了半杯酒。味道有點甜，酒味不重，齊歡喝完又倒滿，再喝了一杯。她抱著手臂倚著沙發靠背，唱歌聲和說話玩樂聲在包廂裡交織，有點吵，也有點別樣的寂靜。

臉開始熱了，齊歡用手搧風，起身去點歌台。

「喔，齊歡啊，要唱什麼？」點唱機旁坐著的人一見是她，熱情地問。

左俊昊這一群人都認識她，看她追陳讓追得起勁，前不久還一起收拾林江路，算起來也是熟人。

齊歡報了個歌名。點歌的人幫她把曲目頂到最上面，正在唱的歌正好結束，幫忙探身到人群裡要了麥克風給她。

「不用了。」齊歡擺手沒接，轉身跳到包廂最前面。那裡有一把直立式麥克風，還有一張高腳凳。她坐在那裡，沒什麼人注意。大家都在玩，搖骰子，喝酒閒聊，打牌。

前奏響起，齊歡腳尖在地上輕輕打節拍。她聲音微低，不像一般女孩子嬌柔嗓音，反而有些沙啞。昏暗的燈光下，一片吵雜，她悠哉轉動高腳凳的坐墊，認真地唱。

是一首輕快的暗戀歌曲。

或許是知道陳讓專心玩遊戲沒空聽，她一點都不緊張，更別提害臊。唱到最後一段，副歌還剩一大半，齊歡口袋裡的手機忽然震動。莊慕打來電話找她。她從高腳凳上下來，給點唱機的哥們比手勢，一邊往外走接電話一邊示意他可以切歌。

「我靠！讓哥你是不是掉線了啊？怎麼突然就退了！這麼久還沒重新連上？」坐在陳讓身邊和他一起打遊戲的男生獨力難支，被殺得心力交瘁，忍不住伸脖子看了眼。陳讓的手機螢幕一直停在退出後的畫面。

他不知道在幹什麼，兀自出神。

男生沒敢多問。

「嗯。」陳讓應了聲，收了目光，關上手機螢幕，「不玩了，你打吧。」

包廂牆上的大螢幕還是齊歡沒唱完的那首歌，所有人都擠在正中央玻璃茶几邊玩骰子，沒人在唱歌，所以沒有人切歌。字體顏色變換，掠過整首歌的最後一句。

只有伴奏。

陳讓眼瞼低垂，默了一會兒，重新打開手機螢幕。每天刪一次的通話記錄很乾淨，卻擋不住齊歡不厭其煩有空就找他，和她最近一次通話是中午。她打電話跟他講了一堆廢話，這一通他還沒來得及刪。

視線停在那個沒有備註的號碼上。陳讓抿了下唇角，抬指，點擊編輯聯絡人，隨手備註了一個數字「7」，而後沒再多看，收起手機。

齊歡那一串電話號碼，被加進了他的聯絡人裡。

第三章　怦然

齊歡回到敏學的包廂。

莊慕沒好氣地說：「一天到晚就知道往那邊跑，需不需要我把妳種到一中去紮根？」

嚴書龍站出來打圓場：「嗨呀，年輕人，浮浮躁躁很正常。」

齊歡沒說話，往沙發上一坐。

「什麼情況？出師不利？」嚴書龍見她一副沒什麼興致的模樣，湊過去八卦追問，「陳讓又給妳甩臉色了？」

「甩臉？」齊歡側頭：「他連正臉都沒對著我。」

嚴書龍一時語塞，「……妳這也太慘了吧。」說著皺起眉打量她。

「看什麼？」

「不是。我就看，妳怎麼看也不醜啊，不應該啊——」

莊慕不爽，打斷他們：「要不要我開個包廂給你們交流心得。」

「哎呀慕哥——」嚴書龍過去摟他肩膀，笑嘻嘻讓他別介意。話題一轉沒再說一中的事。

幾個人坐下聊天，別人都喝酒，齊歡伸手去端杯子，立刻被莊慕拿開：「妳喝什麼喝，發酒瘋我們就把妳扔在這。」換了杯無酒精飲料塞給她。

齊歡接過，沒說什麼。

很快，到切蛋糕的時候，一群人圍著壽星噴彩帶、拉小禮炮，起鬨喧鬧聲不絕於耳。壽星站到麥克風前，裝模作樣地故意開始說場面話。臺下的人忍不住拿小東西扔他。

「滾滾滾噁不噁心！」

「吐了，還讓不讓人吃蛋糕啊？」

「媽的！歡姐在哪？歡姐趕緊揍他——」

被點到名的齊歡，端著壽星切給她的一塊巨大無比的蛋糕站在旁邊笑。包廂裡眾人打鬧起來，說說笑笑，齊歡沒去中間，往洗手間的方向走。她窩在角落，手裡還端著沒動一口的蛋糕。

燈光昏黃，角落比別處更暗。齊歡拿出手機對著手裡紙盤上的蛋糕拍了一張，傳訊息給陳讓。

然後撰寫文字：『吃完蛋糕我們就走了。』

頓了頓，加了一句：『你少喝一點酒哦。』

想再說點什麼，又怕說多了惹他煩，齊歡嘆了聲，克制著收起手機。

玩骰子告一段落，鬼哭狼嚎的唱歌聲重新響起。陳讓在包廂角落的廁所外抽菸，懶散靠著牆站，頭頂昏黃燈光照下來，在地上打出一個模糊的影子。菸尾紅紅一點燒著，煙氣從他骨節分明的指間飄起。拿出手機看網頁，突然跳出新訊息提示。齊歡傳了一張圖片給他。很大一塊蛋糕，堆疊著奶油看著就膩味。他沒什麼表情。剛要收起手機，又來了新訊息。

一則說要走，一則讓他少喝點酒。

剛剛坐在他身邊，看她喝水一樣喝了兩杯酒，沒幾下酒味就飄到他那邊，臉還紅了。也不知道該少喝的是誰。

陳讓撇了下嘴角。關上手機螢幕，放回口袋裡。

下午唱KTV，晚上吃飯，行程很簡單。過生日的男生叫張哲，到常去的餐廳定了個包廂，一群人從皇朝灣出來，分別叫了幾輛計程車過去。

齊歡一直低頭玩手機，涼菜開始上桌，她頭也沒抬。

莊慕看不過去，「妳搞什麼，飯也不吃？」

齊歡應聲，這才收了手機。只是動了兩筷子，又低頭去看手機。

陳讓沒回她訊息。一個字都沒有。手指滑動螢幕，把那幾則訊息看了好幾遍。

在莊慕第二次不爽之前，她拿起筷子，安分進食。

菜流水般上著，沒到餐後甜點就來了一盤餅，綠油油的顏色。

嚴書龍說：「這是什麼？」

服務生退出去前回答：「這是綠茶餅。」

嚴書龍的臉擰成一團：「綠茶餅什麼東西，張哲你口味有點怪啊？」

眾人接話開始吐槽。

齊歡看了眼，忽地說：「轉到我這來。」

他們依言轉動玻璃圓盤，綠色的餅到了齊歡面前。她抬頭看一眼：「都沒人吃吧？」見大家紛紛擺手，端到自己旁邊，「那就放我這。」

莊慕偏頭問她：「妳吃啊？」

齊歡含糊「嗯」了聲，卻是拿起手機對著盤裡的餅拍了張照。趁別人都在吃東西，她把圖傳給陳讓，文字斟酌了一會。

『你看，這個餅是綠茶味道的，厲不厲害！』

『我記得你好像經常喝綠茶。』

『下次我們一起吃？想跟你一起吃吃看！』

一口氣發了三則，齊歡用手指戳著螢幕點了點，不自覺揚唇笑了。

左俊昊一群人找餐廳吃飯，剛選定地方坐下。還沒上菜，都在閒聊。陳讓沒加入他們，坐在一旁小沙發上玩手機，臉上沒有表情。

幾個人聊著聊著，就說到陳讓身上了，「我說，讓哥整天拿著個手機，可是要找他的時候也沒看他接電話特別快。」

季冰笑：「你看他在玩手機，那只是他打發時間，還真的以為他喜歡玩手機啊？」

「啊，出來玩讓哥覺得這麼沒意思？」

「何止出來玩，他做什麼事覺得有意思過？」

提到這個左俊昊很有話說，「我跟你們說——他的通話記錄都是定時清空，簡訊收到看完也是當場刪掉，服不服？我問過他為什麼刪那麼勤快，你們猜他說什麼？他就說了一個字——煩。」

「你那還好。」季冰撇嘴，「你還記不記得那次我們打賭，你傳給他的訊息在他手機留了多久？

一上午？一節課就被刪了！」

「哈哈哈他——」左俊昊拍掌笑起來，跟其他人講：「就是那次，季冰這傻子輸了，要幫我買一個禮拜的早餐。」

「滾！」季冰踢了他一腳。

左俊昊晃著腿得意：「我這記錄怕是沒人破得了了。一上午，嘖，一上午啊，同志們，在陳讓那這四捨五入就是一輩子有沒有！」

大家哄笑。

笑了一會，有人問：「讓哥看我們也煩？」

「煩。」

「看左哥也煩？」

左俊昊露出一個「你太天真了」的笑容，勾唇不以為恥反以為榮，哼笑一聲：「他看我哪裡是煩，是——煩、死、了！」

一群人又是一陣爆笑，樂不可支。

陳讓玩著手機，聽到動靜，眼皮抬也沒抬一下。手機突然跳出訊息。還是齊歡。一張圖三句話，一片綠油油，看起來就很難吃。陳讓滑了滑螢幕，習慣性點開編輯，想刪除內容。

動作一頓。

連同前面的內容，有七則訊息。在吃飯也要傳訊息給他。

嘖，麻煩。

陳讓抿了下唇角，關起螢幕把手機放回口袋，起身去左俊昊他們那邊。

齊歡傳來的沒什麼營養的訊息，沒得到回覆，也沒被刪除。就那麼，靜靜躺在他的手機訊息欄裡。

※　※　※

週一由大清早的升旗儀式開始，一天轉瞬過去。晚自習後到家時間不早，陳讓洗完澡從浴室出來，剛進房間，桌上的手機就嗡嗡震動。

是齊歡打來的電話。

他端起杯子喝水，連「喂」都懶得講，「有事就說。」

『我有幾個題目想問……』

「哦。」

『不是、不是！』她聽出了他的不以為意，忙道：『這次我是真的有不太會做的。』

陳讓沉默了一陣。

她在那頭嘆氣：『我們老師拿回來隔壁城的測試卷，一大疊，要我都做了，有幾張讓人好頭痛，鬱悶死了──』

一向嘻嘻哈哈不正經的聲音裡，帶上了些許煩悶。

陳讓倚著桌沿站了一會兒，拉開凳子坐下。

「念。」他言簡意賅。

覺？』

齊歡把題目講給他聽，念了兩遍：『這題你聽清楚了嗎？幫我解一下，我先算後面的。』

陳讓沒吭聲，拿起筆，動作隨意。

那邊頓了一下，齊歡似是意識到什麼，猶豫地說：『時間不早了，我這個時間打來有沒吵到你睡

覺？』

沒休息好，明天上課難免會睏倦。

聽到她問，他不鹹不淡應了聲：「嗯。」

她忐忑：『嗯是什麼意思？』

「還沒睡。」他皺眉加重了語氣，「寫題目，別吵。」

『……』

齊歡不再廢話。

題幹重點在她念題目的時候就寫下來了，手機開了擴音放在桌上，陳讓眉眼微斂，在紙上走筆，

一步一步演算解答。電話兩端相對無言，能聽到她那邊有翻動紙頁的聲音。

『好了。』三分鐘後，齊歡說：『我這題寫完了，你解完了嗎？』

陳讓落下最後一筆，唸給她，聲線輕緩。

『慢點、慢點——』她著急道：『等我翻過去……翻過去一下……』

他停住等她，懶懶靠著椅背，兩指夾著筆，筆帽一下一下敲在桌上，篤篤作響。

解決完難題，齊歡心情輕快了，恢復一貫不正經的模樣。

『週末請你吃飯啊？來嘛、來嘛，寫題目多累，我哪能白占你便宜。』

陳讓淡淡回：「妳不是請左俊昊吃飯了？」

『可以一起啊——』她的語氣忽然變得雀躍：『或者這樣，分開請，請兩次！請左俊昊那次大家一塊去，然後我們再單獨吃一次，好不好？』

他又不說話了，齊歡喊他：『陳讓？』她想不通，跟她講話真的有這麼無聊？

「嗯。」

『我請你吃飯啊，好不好？』

他不耐煩地「嘖」了一聲，然而齊歡沒等到他回答，外頭突然響起敲門聲。

她連忙捂住手機，回頭揚聲朝外喊：「馬上洗、馬上洗！鄒嫂妳不用管我——」

外頭阿姨連說了好幾句，說放好了水，說時間不早。

她一迭聲得應，趕緊拿起手機對電話另一邊道：『我得洗澡去了，你早點睡。這個禮拜我可能沒空來找你了啊，我們老師那還有一大疊試卷等著我寫我真的頭疼死了——晚安陳讓！』

連珠炮似的說完，「啪」地把電話掛了。

沒有給他反應時間，多少也是有些怕被他嫌煩的忐忑在。

齊歡被考卷淹沒，連續三天都沒出去找事，連下課時間都沒有離開座位。

又一天，下午的課結束，班裡同學陸續收拾東西走了，留下要去食堂吃飯的人在閒聊，悠哉的氛圍和她彷彿是兩個世界。

「歡姐，還在做題目啊？」來找她的嚴書龍吊兒郎當的模樣進了教室，在旁邊湊熱鬧。嘖嘖，好學生就是事多，像這種被「特別照顧」的事，永遠都輪不到他頭上。

齊歡煩躁地把筆一扔，「不寫了，頭疼。」一道道題目讓她眼花。

「那走吧，去哪吃飯？」嚴書龍問。

「哪都不去，沒空。」

見她興致不高，嚴書龍道：「煩就不要做了啊，又沒人拿刀架在脖子上逼妳寫完，妳真不想寫老師能說什麼？」

齊歡對他翻了個白眼，還是那句話：「不去。」

嚴書龍摸摸後腦勺，停了一會兒又問：「吃飯不去……隔壁也不去？妳這幾天忙著寫考卷，都沒去一中。」

提到這個，齊歡臉色更沉。埋頭寫試卷沒空找事，更沒空看陳讓，她三、四天沒見到他了。

「陳讓耶，陳讓也不看？他們這幾天放學都在球場打球，打得那叫一個熱火朝天。」

她有點恍神。

嚴書龍瞄她的臉色，故意掐起聲調：「肯定有很多女生在旁邊等著送水，不說陳讓，就連左俊昊也有一群女的喜歡，說不定……」

齊歡一下站起，把卷子和筆一股腦收進書包裡，揹起包轉身就走。

「歡姐妳去哪？」嚴書龍在背後笑著明知故問，「不寫考卷了？」

她頭也沒回：「我帶去一中做！」

一中籃球場上，左俊昊一群人默契十足地配合，籃板下搶球，遠傳助攻，球一個接一個地進。

齊歡到的時候正好左俊昊休息下場，見到她愣了一剎，馬上笑道：「今天來了啊。」往後甩了甩頭，「陳讓正在打，還要一會兒才能下來。」

她笑，沒說話。在臺階上找了塊乾淨的地方坐，旁邊有瓶水和一件校服，齊歡一看，猛然想起：「我忘記帶喝的給他了。」

左俊昊仰脖喝水，指她旁邊說：「那就是陳讓的。」

「啊？」她側頭又多瞧了幾眼。頓了下，然後默默朝他的衣服挪近，貼著坐在一旁。

左俊昊看著笑了，沒說什麼，喝完水轉身上場，繼續加入比賽。

樹蔭下，傍晚的光不刺眼，齊歡抽出本書放在自己腿上做墊底的，一邊看球場上的局勢，一邊開始寫試卷。陳讓的身影在場上奔跑穿梭，她有一搭沒一搭地看幾眼，抑制不住勾起嘴角。

局勢進行過半，左俊昊一群人打得輕鬆，比分幾乎是一邊倒，完全沒壓力。

季冰趁空和陳讓說閒話，朝場外抬了抬下巴，「你看。」

順著他的指向看去，齊歡坐在臺階上，就著自己的腿在寫什麼。

「她現在不穿我們校服都能混進來了，厲害啊。」季冰調侃，擠眉弄眼，「為了見一面，也是挺辛苦的。」

陳讓沒出聲，一把拍掉他手裡的球，運球離開。

十分鐘後，比賽結束。眾人各自到場邊，拿東西、喝水。

齊歡抬頭，見陳讓走近，揚起嘴角就是一個笑：「你打完啦。」手裡的筆指了指和他衣服放在一起的礦泉水，「我一直幫你看著，沒有人動過它。」

陳讓俯身拿起，默然喝水，喉間滾動。

齊歡仰著腦袋看他。

他擰緊瓶蓋，垂下眸來。淡淡一句：「妳不是要做試卷。」

她指了指腿上，「是啊，所以我把試卷一起帶來了！」

陳讓不語，默默掃過卷面，看了十幾秒，忽地開口：「這題。」

「啊？」齊歡一愣，順著他的視線，才發現他在看自己腿上的試卷。

「劃掉第二步，從……」

她有些愣愣的，聽他突然慢條斯理開始跟她講題目，好半晌才回神，提筆忙不迭邊應邊寫。

傍晚的風吹動頭頂枝椏，樹葉颯颯作響。

「那這一題呢……」

「看二、三項的條件。」

「可以這樣嘛？」

「寫就是了。」

「哦……」

兩個人一坐一站，就這麼在樹下一題、一題解了起來。

左俊昊和季冰在不遠處看著，季冰皺眉：「陳讓在幹嘛呢？」

「這你就不知道了，學渣做題是折磨，學霸做題是樂趣，他們——」左俊昊挑眉，扯著一邊嘴角笑，「人家那是情趣！」

季冰：「……」

除了左俊昊和季冰，球場另一邊還有別人也在看著陳讓和齊歡。

「她怎麼又進來了？教官室的人沒有攔嗎？」

「就是啊。我看她天天纏著陳讓也不嫌丟人，臉皮真厚。」

幾個女生湊在一起，小聲嘀咕。

周詩寧臉繃得緊緊的，看著對面一坐一站的兩人，眼睛無法挪開，心裡七上八下五味雜陳。

「陳讓在幹什麼？」她視線一瞬不移，問身旁的人。

「啊？」她們之中一個剛剛從那邊教學大樓走過來的女生被問到，頓了下，說：「好像，陳讓在教她做題目……」

周詩寧面色霎時黯淡了下來。陳讓在和她說話，在和那個齊歡說話，還站在一旁教她做題目。他對她從來沒有這麼有耐心過。當初她鼓起勇氣拿著習題本去找他，他連正眼都沒看她。

知道其中曲折的幾個女生安慰周詩寧：「這沒什麼啊，妳不要亂想，陳讓肯定是嫌她煩才理她的，妳也知道她有多厚臉皮，天天翻牆混進我們學校，巴著男生不放一點都不知害臊。就她這模樣，陳讓肯定看不上她。」

周詩寧沒說話，在她們的簇擁下，悶悶不樂地回了教室。

上晚自習之前，周詩寧去老師辦公室抱作業本。老師們都開會去了還沒回來，辦公室空無一人。國文老師對面就是陳讓他們班導師的座位。

周詩寧朝門口看了眼。猶豫幾秒，她咬了下嘴唇，繞過長桌走到對面。在桌上翻找了一會兒，找到了聯絡薄，陳讓的個人資料裡有一串電話號碼。她聽人說過，陳讓家裡人都不怎麼管他。以前他打架老師還會打電話聯繫家長，但是每次打過去都是他本人接的，才知道他留的根本就是自己的號碼。

周詩寧拿起筆，迅速地把陳讓的電話號碼抄在手掌心，在有人進辦公室之前快步出去。

下午在籃球場邊跟齊歡講了幾道題目，她又藉機說要請客吃飯。她提了不止一次，幾次三番，陳讓這次終於鬆了口。不過答應得很模稜兩可，還是沒有真的說好，只說看有沒空。

齊歡一聽差點蹦起來，抱著試卷和書，盯著他眼神都在發光。

洗完澡從浴室出來，陳讓頭髮半乾，靠在桌邊拿起手機，沒有電話。

隨意瞥了幾眼，輕扔回原位。

「嗡——」地幾聲，手機忽然震起來。目光落在來電顯示上，接聽動作卻頓了頓。沒有備註的陌生號碼。

陳讓看了兩秒，接通，那頭傳來一道略顯拘謹小心的女聲。

『是……陳讓嗎？』

「妳誰？」

『我、我是周詩寧。』那邊很緊張，『今天、今天老師講的重點，我有些地方沒聽懂，有幾個題目不會做，能不能請教你一下……』

陳讓眉眼浮現一貫的疏離淡漠，想也沒想就道：「太晚了，我沒空。」

說完直接掛了電話，把手機扔在桌上。才走兩步，手機又響。

陳讓不耐煩，見來電的是左俊昊，擰眉還是接了。

「幹嘛？」左俊昊找他有事，但說話廢話太多，廢了好一通時間，陳讓中途沒說一個字。

『你有在聽我說話嗎？』左俊昊說完，問了句。

「知道了。」

『那你……』

「以後別把我的號碼給別人。」陳讓忽地打斷他，掛斷前留下最後一句，「很煩。」

左俊昊看著結束通話的手機畫面，一臉無言，「這他媽，誰又惹他了？」盯著慢慢暗下去的螢幕，想到陳讓最後說的那句話，一個激靈。該不會是因為把他的號碼給了齊歡，齊歡騷擾他騷擾得太過，惹他煩了？

左俊昊糾結半晌，沒辦法，傳訊息給齊歡：『妹妹，妳別打電話給陳讓了。』半分鐘左右，齊歡很快回過來：『為什麼？』

十幾秒鐘時間又是一則：『我剛忙完準備打電話給他。他跟你說什麼了？』

左俊昊坐在床邊長長嘆了口氣，小女生果然還是太嫩了啊。

『就妳電話打太多他煩了唄，剛剛要我以後不許把他號碼給別人，語氣叫一個衝，我他媽都嚇死了。』他搖著頭，發完一條，馬上又飛快打字：『妹妹拜託妳了，他不爽了我肯定沒好日子過。可憐可憐我，妳真的別打了啊。』

齊歡對著手機一陣茫然，花了一個晚上才把試卷處理完，剛準備打電話給陳讓，左俊昊這時忽然傳訊息跟她說這些？

把左俊昊的訊息內容反復看了好幾遍，她沒再回覆。

齊歡躺倒在床上，盯著天花板發呆。

陳讓煩她？她這段時間晚上打電話給他讓他覺得煩，不高興了？

他為什麼不跟她說。

齊歡翻了個身把臉悶在被子裡，心裡也發悶。許久，長嘆一口氣，回了左俊昊的訊息，簡短的三個字：『知道了。』

他又傳來了什麼，之後的內容齊歡沒再看。洗完澡後的沐浴乳味道飄滿鼻尖，她趴在被子上一動不動，慢慢睡了過去。

下課時，季冰來八班找陳讓和左俊昊。他靠著左俊昊的課桌站著，與他們閒聊，「快週末了，去哪玩啊？」

「你想啊。」左俊昊手裡轉筆。

季冰看向另一邊，「陳讓，你說呢？」

陳讓一貫地平淡：「哪裡都行。」

季冰看他翻著書一副百無聊賴的樣子，忽然想到什麼，笑道：「欸，齊歡這幾天好像都沒來？」

話音一落，腳被左俊昊踢了一下。

季冰猛地朝他看，張嘴要說話，左俊昊用口型對他道：「閉嘴！」

他不解，愣了下。

陳讓起身，沒說話從後門出去，大概是去洗手間。

人走了，兩個人光明正大議論。

「操，你幹嘛踢我？」

左俊昊又給他一腳：「你沒看他不太爽，還惹他，你活膩了別帶上我！」

季冰摸不著頭緒，「這幾天沒什麼事啊，他又幹嘛了？」

「鬼知道。八成和齊歡有關。」

「啊？」

「前幾天我打電話給他，他陰沉沉跟我說讓我別把他號碼給別人。」左俊昊想起來都頭疼，「我沒給誰啊，就之前齊歡來問說了一次。陳讓都這樣講了，那肯定就是齊歡唄。」

季冰喔了一聲，「所以剛才我提到齊歡你踹我……不對，就這麼點事，至於不爽這麼久？」

「你問我我問誰。」

陳讓從洗手間出來，在轉角站了一會兒。手機螢幕很乾淨，沒有任何訊息與未接電話。他看了一陣子，點進訊息畫面，打了一條文字消息：『我的外套。』

「正在發送」的標誌前有個小圓圈在轉，繞啊繞，十幾秒的時間，最後變成一個紅紅的小驚嘆號。發送失敗。

陳讓皺眉，拇指按在螢幕上，移到撥號位置，按下。

「撥號中」三個字上是一個「7」，沒多久就自行結束，跳回到主畫面。

他看了兩眼，收起手機。回到班上，左俊昊和季冰還在聊。

季冰見陳讓那樣，看不過去，忍不住大著膽子勸：「不就接幾個電話嘛，這有什麼。」

左俊昊在課桌下瘋狂伸腳踹他。

「你他媽別踹了！」季冰踢回去，對陳讓直說：「左俊昊不就是把你號碼給齊歡了嗎，不高興歸不高興，氣一下子就夠了，這都幾天了？齊歡打電話給你，你應付兩句實在不行就不接或掛掉就好了，她又不能一直打、一直打。再說了，左俊昊已經跟齊歡交代過了，讓她別再打電話煩你，她肯定不會吵你了，你有什麼好不高興的。」

季冰一個勁說著，陳讓突然抬眸。

「……我說錯了？」季冰見他眼神不對，下意識往後縮。

陳讓沒理他，看向左俊昊，「你跟齊歡說了什麼？」

「沒說什麼啊，就……」左俊昊一臉小心，「你不是說我給別人你的電話號碼很煩嗎，我就讓齊歡別煩你，她之前來找我要你的號碼，我就給了她……」

陳讓半晌沒說話，最後皺了皺眉，伸手：「手機。」

「嗯？」左俊昊愣了下。反應過來，馬上拿給他，「你要打誰電話？我這……」

話沒說完，電話就通了：「我陳讓。」語氣有點乾巴巴。

左俊昊和季冰互相看了眼。

季冰無聲用口型說：「誰啊？」

左俊昊瞪眼，用口型嗆回去：「我哪知道！」

他倆不明所以，雙雙噤聲瞧著陳讓。

陳讓的第二句話也很簡略：「我的外套。」

不知道那邊說了什麼，他道：「下午拿來還我。」

這麼一句以後沒再多說，「啪」地就把電話掛了，手機扔還給左俊昊。

陳讓又出去了。走之前瞥來一個眼神，讓左俊昊又緊張又摸不著頭緒，「他幹嘛那樣看我……」

季冰看了左俊昊一眼，一本正經地猜測：「可能，你今天比較討人嫌吧。」

齊歡原本打算在學校附近解決午飯，臨時改變主意，急急忙忙回了趟家，莊慕幾個攔都攔不住。

下午在教室看到她，抽屜裡塞了件衣服——男款外套。

嚴書龍伸手扯出衣服一個角，被齊歡一筆桿敲到手背上：「別碰。」

「誰的啊？」

她沒回答。

上課鈴響，一群人散了各自回教室。齊歡安安靜靜上完課，放學的時候什麼書都沒拿，拎著抽屜裡的衣服就往外走。

陳讓在左邊的福利社，平時常去的那家，只有他一個人，左俊昊和季冰都沒在旁邊。

齊歡拎了個紙袋，他的外套就裝在裡面。把東西遞給他：「你的外套。」和平時有點不同，沒那麼活潑，顯得有些悶，聲音也低了幾分，「之前一直忘記了，已經洗乾淨了，你看看。」

陳讓接過，隨意掃了一眼。

「沒什麼事我就走了。」她說著就要提步離去。

「妳落枕了？」他淡淡問。

齊歡抬頭，對上他的視線，很快又移開，「沒啊。」

陳讓瞥她，「妳封鎖了我的號碼？」

齊歡看他，頓住，不知道該怎麼說。

「意思是以後不會打擾對吧。」

「我……」

他似是笑了下，但眼裡沒有笑意，拎著東西就走。

「不是——」齊歡著急，拽住他的衣袖，沒敢用太大力，馬上又收回手，「我只是怕我不封鎖你，我會打電話給你。」

她很沮喪，「我會忍不住……」

陳讓轉回身，睇著她臉上的表情。看了半晌。他伸手，語氣帶著不爽：「手機。」

齊歡微愣。從口袋拿出來給他，他沒接，「解鎖。」

她依言解開，他拿了過去，點進連絡人，找到黑名單，把自己的號碼解除封鎖。

齊歡後知後覺反應過來，臉上有點燒。那串號碼之上，她給陳讓打的聯絡人備註是——「我的小甜心」。

「……」

「……」

相對無言。

不知道陳讓看到這幾個字有什麼感覺。他沒表情，齊歡也就撐著，極力忽略，假裝沒有這回事。

怪只怪嚴書龍那傢伙，她在考慮寫什麼備註比較好的時候，他一直在旁邊說學妹，「寶貝」長「寶貝」短。她莫名生出了股較勁的意思，頭腦發熱，她就把陳讓的聯絡人備註了甜心。

陳讓把手機還給她，「問題目十二點之前打。」

齊歡叫住他：「你不是嫌我打電話很煩……」

他打斷：「說的不是妳。煩不煩我自己會講。」

然後頭也不回走出去了。

齊歡還拿著手機怔然：「你的意思是，我可以給你打電話囉？」

對著他的背影發問，沒得到回答。

齊歡看著他走遠，眼角眉梢，緩慢翹起，一點一點全都快活了起來。

放學後這麼一段時間，齊歡的心情多雲轉晴，那臉上止不住的笑，日頭晴朗過度得有些曬人。

嚴書龍瞧準時機，過來問之前被打回去的問題：「歡姐，這週末去哪玩啊？」

「不玩。」

「……為什麼？」

「週末我請左俊昊吃飯，你們有別的活動都給我往後推。」

「吃飯……」嚴書龍琢磨，「那我們週六晚上請他吃就行了，並不妨礙週日出去玩啊！」

齊歡抿唇，揚起一個笑容：「——週日我要和陳讓吃飯。」

「啊？」嚴書龍嚇得瞪大眼，還好不是正在喝水，不然鐵定嗆到，「陳讓？妳約到陳讓了？」

齊歡只笑不語。

嚴書龍緩了緩受驚嚇的小心臟，「那……」他無奈道，「好吧，妳說是什麼就是什麼。週六我們陪妳和左俊昊吃飯，週日再陪妳跟陳讓吃。」

「不。」

「嗯？」

「週末你們要幹嘛就幹嘛。」齊歡勾唇，「我跟陳讓吃，只有我們兩個。」

「……」嚴書龍算是看透了。

晚自習開始，嚴書龍回他們班上。走廊另一邊的莊慕低頭打遊戲，齊歡翻書寫題目，姿態悠閒。題目寫完，她想找事情解悶，手機裡各個網頁看了一遍，都沒勾起興趣。

後排兩個男生在說話。

「看論壇了沒？高一的在選年級級花，那發文笑死我了！」

「哪啊？什麼級花？」

「就我們學校論壇，你點開看——」

齊歡回頭：「你們在聊什麼？」

「啊。我們聊學校論壇的事。」男生說，「高一有人寫論壇文弄了個級花選美，好多人湊熱鬧。」

齊歡聽他們說了一堆，回頭打開論壇，搜尋學校名字，找到了那個選級花的文。剩下的一節自習就靠這個打發了。

齊歡笑點不高，看個論壇把自己樂得不行。主要還是心情好。閒著沒事用手機號碼註冊了帳號，取名字的時候頓了頓。叫什麼好？

思考十幾秒，她忽地勾唇，打下幾個字——我的小甜心。

齊歡註冊完論壇帳號，滑了一節課的論壇。回家後打開電腦，一鼓作氣，學別人申請建立了一個版面。日記本太遜，現在流行在論壇個人版上嘮叨——「我超喜歡他」。

比想ＩＤ名省力氣多了，她想都沒怎麼想，打完一看，螢幕上就是這麼幾個字。

一玩起來就沒完沒了。

嚴書龍發覺一連幾天，齊歡玩手機的頻率比平時高，瞄到幾眼，好幾次都是論壇畫面。忍不住問：「哪個論壇啊？我們學校的嗎？妳也看了之前那個選級花的論壇文？」

「不是。」

「那是什麼？」他伸頭要看。

齊歡收起手機，避開他的視線：「你管我玩什麼。」

哪能給他看。論壇個版裡沒什麼有營養的文章，發的內容全是跟陳讓有關的。沒寫出他的名字，好比對空氣講心事。她一個人開心開心就行了，不需要昭告天下。

「喊。」嚴書龍掃興。

齊歡說：「你有這功夫不如多看點書，上次考試出糗還不夠？」

「我……我哪……」嚴書龍結舌，不服，從桌上跳下來，「憑良心講，我的成績還過得去好嘛。」

她哼笑。

「我朋友的朋友他們那圈玩得比我還凶，我跟他們比都算老實了。」嚴書龍說：「真的！妳別不信，人家他們考十二分的都有，照樣過得好好的，照樣玩照樣過日子，也沒見他們怎麼樣啊。」

「……十二分？」

「對啊，就隔壁城的。」

「隔壁城？」

「我以前朋友有的在那邊讀，上次放假我去玩了兩天。」

齊歡翻了個白眼：「一天到晚只知道看別人怎麼玩，能不能學點好的？」

「……」他說不贏她。

「哦對了，那個男生……」嚴書龍看她不感興趣的模樣，故意停頓了一會才說，「和陳讓有一點關係。」

齊歡視線移到他臉上，「什麼關係？」

「我也不是很清楚，聽別人說的，貌似他們認識。高一的時候陳讓有事，那個男生還找人幫過他。」嚴書龍看她表情，嘖聲，「看看看，一提到陳讓妳就有精神了。」

齊歡皺眉，「那也不對啊，不在同一個地方，陳讓怎麼和那些人認識的？」

嚴書龍笑出聲：「姐姐，別把陳讓想得太好了，妳以為他很乖啊？再說了家裡都是做生意的，大人常打交道的話認識不是正常？妳和莊慕不也是。」

「不過照我猜測——」他話語一轉，故作正經地點頭：「他們大概因為都很帥，看到對方惺惺相惜吧。」

「……」

「嘖，妳不相信啊？」嚴書龍把手機拿出來，「我找找那男生的照片。」

齊歡在書上劃重點預習，嚴書龍悶頭翻找手機。

半晌，嚴書龍一拍掌，「這這，我找到了，就是這個，他們學校的論壇舊文。」

他把手機遞到齊歡面前：「就這個。」

齊歡瞄了一眼——那些年讓我們瘋狂過的男生。

什麼鬼名字。

嚴書龍隨意指了文章裡的一張照片。應該是張偷拍照，在KTV那種地方。光線昏暗朦朧，男生側著臉叼了根菸，跟旁邊的人講話。他穿著黑色短袖，臉長得挺好的。氣質頹廢，五官卻精緻的那種。可是這不是她的菜。齊歡看了一眼就移開視線。

「考十二分的哥們就是他，謝辭。他們學校可好笑了，還有口號。」

「什麼？」

「一中亂不亂，辭哥說了算。」

「……」齊歡勾唇笑：「你就記得跟人家比成績，很懂得揚長避短，怎麼不也跟人家比比臉呢？」

嚴書龍：「……」

她轉回視線繼續看書。

嚴書龍躁動的心不肯就此甘休，碰了碰她的胳膊。他不懷好意地看著她，「歡姐，妳覺得是這個謝辭帥，還是陳讓帥？」

齊歡哪會讓他得逞，「反正都比你帥。」

說著她又瞥了眼照片裡男生的臉，「而且這話你問的挺傻。誰帥？喜歡誰誰帥唄。喜歡他的女生就覺得他好看，喜歡陳讓的女生就覺得陳讓好看。」

她指自己，「你問我還想問出什麼？你歡姐我，剛好就是那個喜歡陳讓的。」

週六晚上一中放假，敏學一群人也沒去上晚自習，在齊歡監督下，特地跟各自老師說了，批不批准另說，假倒是都請了。請左俊昊吃飯，答謝他收拾林江路時二話不說出力。原本也想叫紀茉去，她爸媽晚上不加班，她得早點回家。

好幾天沒見，在一中校旁福利社和左俊昊他們碰面，她剛好出來，齊歡把她抱了個滿懷。

左俊昊瞧了半天，搭話：「這就是……」

齊歡點了下頭。

他笑笑，考慮到女孩子的心情，沒往下說。

「這是左俊昊。我跟妳提過的。」齊歡把人介紹給紀茉。

紀茉抿唇對左俊昊笑了下。沒多看他，也沒多看他們任何人。

「多虧他了，妳以後在學校遇到什麼麻煩就找他。」齊歡回頭看左俊昊，挑眉：「昊哥可以嗎？」

「妳都發話了，那必須的。」左俊昊笑得沒心沒肺，「沒開玩笑啊，妳說的我可記住了。」

「行行行……」齊歡和他說話，邊講邊隨意握起紀茉的手。

紀茉習慣性低頭，頭髮乖巧遮住臉。視線落在和齊歡牽著的手上。眼裡褪去面對左俊昊等人時潛藏的冷淡，有了點真實的溫度。

「茉茉……茉茉？」

「啊。」紀茉抬頭。

「喊妳好幾聲，在想什麼？」

紀茉搖頭，小聲說：「沒什麼。」

「那我們走了，妳早點回家……」齊歡頓了一下，「不然還是我送妳？」

紀茉說不用了，淺淺笑，「妳去玩吧，我沒事。」

齊歡一群人走了，有認識的同學湊過來。

「紀茉，妳認識他們那些人啊？」

「妳說的是……」

「陳讓！左俊昊和陳讓啊！我看他們跟妳說話，妳認識他們？什麼時候認識的啊？」說話的女生翹首，滿眼都是他們的背影。

紀茉搖頭：「不認識。」

「不是吧，那左俊昊不是跟妳講話是跟誰講話？」幾個女生明顯不信。

紀茉低頭。

女生們自顧自議論。

「好幾個長得都好帥啊！哎哎剛剛有個人看我了……」

「真的假的？哈哈妳少自戀了！」

「誰自戀……」

說著，她們想起紀茉：「妳不認識左俊昊他們，那就是認識站在妳面前那個齊歡？」

紀茉還沒開口。

旁邊一個人說：「那個就是隔壁敏學的齊歡？她啊，聽說人不怎麼樣，前幾天不是還打架嘛，整天跟男的混在一起。而且她……」

「才不是——」

一聲打斷，幾個人一頓。側頭，紀茉正看著她們。那雙眼黑白分明，讓人莫名有點心慌。

默了默，她垂首。突然暴起的氣勢緩了下去，似乎只是錯覺，「齊歡人很好……」

幾個女生回神，暗暗嘖了聲，「說就說，大聲什麼。」

紀茉不再言語，斂眸走出福利社，動了動五指，手指和掌心，還殘留著齊歡握過的溫熱。

※　※　※

兩個學校的人待在同一個餐館包廂裡，還是曾經起過衝突的兩群人，換成是剛開學的時候，誰都不會信有這一天。一起收拾過林江路，勉強算有那麼一點友誼，齊歡調侃兩句，氣氛很快就活絡了起來。

等上菜前，一包廂的人找事消遣。玩電子遊戲的玩，說話閒聊的說，齊歡和左俊昊幾個湊在茶几邊打牌。分兩邊，左俊昊和季冰一家，她和陳讓一家。莊慕跟嚴書龍在她背後看。

「不要。」

「嘖。」

「這他媽什麼鬼……」

全是左俊昊的廢話。季冰忍不住：「能不能好好打，你吵得我牌都不會出了。」

「牌技爛怪我？」

「滾！」

齊歡笑看他們鬥嘴，「要不要？不要我出了。」

他們兩人沒有能出的牌了，齊歡把手裡剩的幾張扔出去。還剩陳讓。左俊昊和季冰打起了精神對付他，奈何還是不敵。陳讓滿臉平靜，三輪，牌全出乾淨了。

輸贏毫無爭議。

左俊昊看齊歡，「挺厲害啊。」打牌贏不了陳讓，他們早就習慣了，沒想到齊歡一個女孩也玩得這麼厲害。

嚴書龍說：「我們歡姐玩這些一向厲害，只要要動腦子的她都在行。」

「真的假的？」左俊昊笑，手裡洗牌。

又來了三局，全是齊歡和陳讓贏。嚴書龍看了一會兒去另一邊跟敏學的人說話。陳讓一直沒出聲，齊歡玩遊戲的時候也莫名沉穩，沒說幾個字。倒是左俊昊和季冰，打著打著差點吵起來。

新一局，齊歡渴了，伸手拿茶几上的飲料易開罐。沒碰到，落了空，她抬頭。

「這酒精含量高。」莊慕換了個別的喝的給她，說，「喝這個。」

齊歡點頭，接過他打開拉環的飲料。她沒看剛剛要拿的是什麼東西，既然莊慕這樣說了，那肯定就是她不能喝的。

玩完一局，嚴書龍那邊喊他們：「莊慕，歡姐，來來來！」

齊歡回頭看一眼，放下牌對左俊昊幾個笑笑，「你們先玩。」

她跟莊慕走到敏學幾人旁邊，「怎麼了？」

「不知道是誰在論壇發的文，要選高二級花。」

「我們學校？」

「是啊。歡姐妳看這，看這！」

莊慕先皺眉：「誰把她照片放上去的？欠揍吧。」

齊歡也看到了自己，眉一挑。

「沒事，沒有人敢說不好聽的，都說歡姐好看呢。」嚴書龍樂滋滋，「歡姐妳下次守校門的時候別那麼嚴，論壇裡都說妳要是不那麼嚴，票肯定投給妳。」

「就她？」莊慕抬手，拍在齊歡頭上。

齊歡護住頭髮，瞪莊慕，又跟嚴書龍說：「喊我來就看這個，無不無聊？」說完沒理他們，往洗手間走。

「歡姐妳等著，我這就註冊十個、八個小號投票給妳！」

「說定了，去樓梯口堵，誰不投妳我們削誰……」

幾個人插科打諢，難得拿她調侃，笑個不停。

「哎，你看那邊。」左俊昊朝敏學的人挑了挑下巴，「之前沒聽說啊。」

「聽說什麼？」

「莊慕跟齊歡。」

季冰聽不懂：「說人話。」

左俊昊勾唇，瞧著那邊說話的人，「那莊慕就算不喜歡齊歡，多少也有點意思。」

「你怎麼知道？」

「這還用問。就他剛剛那些，不讓喝酒，拿飲料給齊歡，還有打頭……你不是男的？男人什麼樣，看一看想想自己不就懂了？」

季冰思考著他說的話。

左俊昊看向另一側：「陳讓，你覺得呢？」

陳讓把最後的牌扔出去，打完，「沒怎麼覺得。」眼瞼半斂。語氣疏淡中，聲線有一點低沉。

菜還沒上，牌打了十幾局也沒什麼意思，三個人都停下來。陳讓去包廂外抽菸，靠牆剛站沒多久，齊歡出來找他。

她拖拖拉拉挪到他旁邊，一副想跟他說話的樣子。

「我準備訂明天吃飯的地方了，你要來哦。」她瞅他一眼，試探地說：「你不來，明天我一個人多尷尬，晚飯就毀了。」

「我不來妳就不能吃了？」陳讓彈菸灰，落在旁邊盛放菸灰的鵝卵石裡。

他說：「妳又不是找不到吃飯的人。」

「是能找到。」齊歡頓了一下，「但是他們都不是你。」

一陣沉默。

齊歡長舒口氣，擔心強求惹他不高興，猶豫著，「你要是真的不能去或者不想去也沒什麼。我……」

「妳選地方就是了。」他把菸捻在鵝卵石堆中，轉身回包廂。

齊歡剩下的半截話，就這麼卡在喉嚨裡。

「我超喜歡他」論壇裡，蓋起了一棟樓。齊歡的碎碎念，已經翻了好幾頁。和陳讓吃飯出門赴約前還發了好幾則，激動的驚嘆號像是要把畫面戳穿。

她特地提前半個小時到，玩著手機等。

嚴書龍打來電話八卦，『歡姐，情況怎麼樣，吃得開不開心？』

她應了聲。

『在哪啊，需不需要兄弟們過來撐場子。我們到外面守著，他要是不給妳面子我們就衝進去揍他。

一群人我們不一定搞得贏，今天左俊昊和季冰都不在，難得陳讓落單……』

「滾！誰都別來打擾我。」

嚴書龍吃吃地笑。

陳讓出現在視野裡，齊歡趕忙掛斷：「不跟你廢話了，我告訴你別再打電話來，不准吵我！」

陳讓壓著時間點，一分不多一分不少，正好準時。

齊歡笑得一臉燦爛，「我訂好了地方，店在那邊，走兩條街就到了。」

陳讓無所謂，一隻手插在口袋裡，姿態隨意。

一路走，齊歡說個不停，話題數不完。陳讓偶爾點頭，或者喉嚨裡「嗯」一聲，敷衍地應。到了吃飯的地方，服務生領路帶到包廂前，齊歡訂的是兩人座的包廂，環境挺好。

進門面對面坐下，燈光澄黃，照得桌椅擺設都有種朦朧柔和。換作一般人肯定會感到尷尬。齊歡不一般，沒有半點不自在，手撐在桌上，托著下巴瞧著陳讓就開始樂。

「我臉上有錢？」陳讓靠住椅背，懶散地睇她。

「沒啊。」她笑得眼睛瞇瞇，「但是你比錢好看。」

陳讓懶得理她，低頭看手機。

「我點的幾個菜都是招牌菜。」齊歡翻起旁邊的菜單，換新話題。

「你能吃辣吧？喜歡甜的還是鹹的？」她問。

「都行。」

「那我都點了，不行的話再加。」

「嗯。」

「哦對，我還點了綠茶餅！」她想起這個，突然興奮起來。

陳讓就看著手機，眼也不抬。

齊歡頓了頓，伏在桌上看他：「你就看看我嘛，別玩手機了。」

陳讓慢慢抬起眼皮，目光很淡，「妳有什麼好看的？」

「我不好看？」齊歡指自己的臉，一副吃驚的表情，「我超好看的好不好！」

「……」

「不信？」她笑著挑眉，「你多看看啊，多看幾次就知道我有多好看。」

陳讓說：「沒空。」

齊歡手枕在桌上，往前湊了點，「那，你覺得誰好看？」

他的視線從手機移到她臉上，停了半晌，說：「這個問題很無聊。」

齊歡鬧夠了也不追問，自己一個人樂。

逗他說話真不容易。

坐了會兒，齊歡去洗手間。出來時手機有訊息，瀏覽完剛放回口袋裡，才抬眸，「噔」地一下視野裡全黑了。她下意識挪了一步，腳撞到旁邊沙發底座，一絆。驚呼還沒出口，摔坐下去，觸感溫熱。

馬上彈起來，「對不起！」

「妳最好別亂動。」外面有吵鬧聲音，黑暗裡陳讓的聲音格外沉穩，「摔痛了算是妳自己的。」

齊歡心砰砰跳，站著不敢動，「你……怎麼到沙發上來了。」

剛剛她坐的，是他腿上。手還撐在他胸膛上。

陳讓打開手機手電筒功能，照了周圍一圈。

「換地方休息。」他隨口答，朝門的方向瞥，皺眉，「不知道是停電還是電路出了問題。」

齊歡臉發熱，視線飄忽。

敲門聲急促響了兩下，店裡員工推開門，拿著手電筒，「不好意思兩位客人，我們電路出問題了，發電機在送過來的路上。很抱歉——」

「要修多久？」陳讓問。

「這個，今天不一定，暫時先用發電機供電，修好了馬上就恢復。」

陳讓站起身。

「去哪？」齊歡愣愣問。

「妳還吃得下去？」他道，「發電機很吵。」

說得有點道理。

齊歡跟他出去，問店員：「點的菜能退嗎？」

店員滿臉歉意：「可以的。不過今天可能忙不過來，沒電我們點菜系統也用不了。妳看……」

齊歡不為難她：「那我明天或者過幾天找個時間過來。」

走廊和一樓大廳很多客人走了，都是還沒開始吃的，在吃的一邊就著燭光夾菜一邊抱怨。

走出店門，外面馬路上比裡面亮多了。

陳讓往左，齊歡扯住他的衣襬，「別走、別走！」

「幹嘛？」

「難得出來一次，別就這麼走了啊。吃點東西，就吃一點——」她皺起眉頭可憐兮兮，「那邊有條小吃街，還有很多別的店，我們去看一下吃什麼都行。你什麼都沒吃不餓啊……」

陳讓看她一會兒，視線下移，落在衣襬上，「手。」

齊歡縮回去，「好不好……求你了哥？」她合掌抵在鼻尖前。

陳讓沒說話。她保持這個姿勢，一直盯著他看。

良久，他蹙了蹙眉，還是什麼都沒說，提步走向右邊。齊歡開心了，笑嘻嘻跟上。

天黑透了，路燈點點，光影踩在腳下。

樹下石凳有一群老人圍在一起下棋。初秋已臨，沒有人搖扇子，都穿長袖，兩個人下，其他人弓著背低頭圍觀。路過的時候齊歡拉著陳讓湊熱鬧，看得起勁，半天不肯走。

她問他：「你會不會下象棋？」

陳讓懶得答：「妳還吃不吃。」

「哦哦，吃吃吃。」她連連點頭，這才重新往前。

過馬路，有衣衫破舊的老人在道旁乞討。齊歡從包包裡掏出一把零錢給了他。操著濃重口音的老人家說了好多句謝謝。

走了十幾步遠。

陳讓疏懶看著前方，視線沒有焦點，忽地說：「妳一直這麼愛管閒事？」

「這不叫閒事吧，一點零錢而已。」齊歡說：「雖然和我是沒什麼關係，但是……」

她一時找不到合適的詞，頓了下，擺手，「哪有那麼多但是，管了就管了唄。想管的事就不叫閒事。」

他的目光在面前飄了很久，鬆散，沒有焦點：「多管閒事……」

「什麼？」他說的很輕，她沒聽清楚。

陳讓沒有再開口。手插在口袋裡，步伐散漫，將她甩在身後。

他們最後在路邊找了家店坐下。點了三菜一湯，都是家常小炒，好在店裡環境還不錯。進店前一整路上，齊歡買了不少東西，各種小吃，手上拎了不知多少袋。

吃完飯，沒走兩分鐘，齊歡又去飲料店買了兩杯喝的。一杯要給陳讓，他道：「太甜。」

「哎呀不會，你試——」話沒說完驀地停下，齊歡抬頭，「我把吃的全忘在剛剛那家餐廳了！」

對上陳讓的視線，她小小尷尬，「回頭拿？」

原路折返，還好不是太遠。走到店門口，手機突然響了。齊歡拿出來看了眼來電顯示，沒辦法，瞧他：「你進去拿一下？」

陳讓沒說話，進店。

齊歡側身，接通電話：「幹什麼？」

『歡姐我有事要妳幫忙！』那邊吵吵鬧鬧的，『妳在哪我們過來找妳！』

「滾蛋。」齊歡喝斥道：「我現在很忙，別來給我搗亂。有事明天學校說。」

『不是——我急啊，妳在哪……』

「張友玉妳皮癢是吧？老實點別煩我，就這樣。」齊歡不給她再廢話的機會，果斷掛掉。

「喂？喂——歡姐？」張友玉聽著嘟音，拿到面前一看，通話已經結束。

「真掛啦？」旁邊幾個女生問。

張友玉皺眉：「搞什麼，連我話都沒聽完就掛了，她幹嘛呢？」

她們笑：「說不定正忙著約會呢。」

張友玉頭疼，低頭看了眼自己的領口，又看向周圍來往車輛，隨手扯了下衣領，「該死的，要不是那傻子，我至於這麼煩嗎？」

「嗨呀，妳幹嘛這麼在意，妳男朋友不就是說妳穿這件衣服看起來跟飛機場一樣不好看嗎……」

「就是，換件衣服穿唄。」

「要不然給他兩巴掌，讓他說妳胸小。再說小點又有什麼，以後說不定就長了。」

「滾。」張友玉白了她們一眼，「妳們低頭看看自己，胸大嗎？一個個也是A-，好意思跟我說這些。」

她們乾笑：「我們又不在意……」

張友玉斜了她們一眼。

「咳。」幾個人有些尷尬，「好吧是有點在意。但是——」

她們也很無奈。

「歡姐不理我們，能怎麼辦。整個高二就她身材最好，明天再問唄。」張友玉煩得想搡頭髮。

忽地，其中一個女生猛拍她的肩。

「對面、對面！歡姐，看對面，歡姐在對面！」

齊歡掛完張友玉的電話，嚴書龍又打來，好不容易把這八卦精也訓完，剛要進店去找陳讓，一道聲差點劈裂她的耳膜。

「歡姐——！！」張友玉為首的幾個女生從馬路對面衝過來，直奔她面前。

一個熊抱勒得她喘不過氣，張友玉克制不住：「歡姐妳快告訴我胸大的方法！」

陳讓一踏出店門，聽到的就是這句話。他腳步一頓，又聽抱著齊歡的女生興奮說——

「快快！全年級就妳一個胸最大！快告訴我怎麼樣才能大一點！！」

第四章　獨與孤

「滾蛋！」齊歡費力地從張友玉懷裡掙脫出來，恨不得給她頭上來一下。

張友玉拽著她不鬆手：「我還想找妳呢，結果妳就在馬路對面，這麼巧就是緣分啊！歡姐妳快說、快說——」

「妳問這個幹什麼？」

「我男朋友嫌我穿這身衣服不好看。」

「換衣服。」

「……說因為平。」

齊歡：「……」

張友玉扁了扁嘴，張口要說話，忽地瞄到後面站著的陳讓：「他……」

齊歡回頭看了眼，馬上轉頭拍掉張友玉抬起來的手指：「快走！」

張友玉和幾個女生看著陳讓，有點怔愣。再看向齊歡，他們兩個明顯不是在這才遇上的。頓時目光中滿是佩服。

齊歡一點也不想被她們這樣看。

一雙雙眼睛，驚詫又佩服。分明寫滿了幾個字——「身材好就是不一樣，連陳讓都能搞得定」。

齊歡才不想當著陳讓的面和她們討論這些，連推了幾把，壓低聲音警告：「趕緊給我走人，再在這礙事明天全都去掃廁所！」

抬手戳了下張友玉的腦門：「尤其是妳，大馬路上嚷嚷這些，欠揍呢！」

她們還有點回不過神，一步三回頭，被齊歡瞪了幾眼，才縮著脖子快步跑了。

齊歡對陳讓乾笑，內心滿是尷尬。

陳讓把拿回來的小吃遞給她。

「謝謝。」她小聲，收斂了些。

兩人並排走著，相對無言。齊歡想起還拎著奶茶，遞了一杯給他，他接了。

走了幾步才反應過來，拿的是她要喝的。她喜歡甜，糖度加得重。他剛說不喜歡太甜。抬頭張口想說拿錯了，動了動唇沒出聲。

陳讓已經喝了。

他面色平靜，一本正經。好像沒發現喝的是糖度特濃的超甜奶茶。

齊歡抓了抓頭髮，把話咽回去。

※　※　※

亮著路燈的籃球場聚了一群人。

「讓哥哪去了，怎麼沒看到人？」關思宇坐在水泥管上，問正在投籃的左俊昊。

「不知道。有事吧。」球投進籃筐，左俊昊拍著球走到場邊，把球扔給季冰，季冰扔了瓶水給他。

「打電話問他他沒說。」左俊昊喝完水，抹了把額頭上的汗，「在過來的路上，等等就到了。」

關思宇問：「前段時間你們和李明啟幹了一場？」

「嗯。季冰碰上的，被他們堵了。」

「他們還找讓哥麻煩呢？」

左俊昊點頭。

「這都兩年了吧，我記得從高一開始李明啟那些人就跟他過不去，怎麼老揪著他不放？什麼矛盾惦記這麼久。」

「不知道。」左俊昊臉微沉，坐下，「我們沒問。管他的，反正誰搞陳讓我們搞誰，不需要知道那麼多。」

關思宇「嘖」聲，「讓哥剛升高一的時候我第一次碰見他，是真沒想到他那麼狠，跟他打的那一架我的手臂都差點廢了。」

左俊昊嗤笑：「你和你那群職校的自己皮癢要來一中找事，還挑上陳讓，活該。」

「兄弟這麼說可不厚道。」關思宇給他遞了根菸，想想也覺得好笑，「也是，當時只覺得他不聲不響看著說不定好欺負，誰知道啊。」

關思宇又說：「讓哥國中是哪個學校的？國中的時候我都沒聽過他。」

「我記得好像是十四中的？」

「以前沒聽說十四中有什麼扛把子的人物啊……」

「我也不清楚。」左俊昊抽了口菸，「他對國中的事沒興趣，我們也不怎麼問。」

都是升學考，考進一中念高中才認識的。禾城這地方，大算不上太大，說小卻也不小。聊了幾句，停在不遠處的車開了車門，裹著男款外套的女生從車裡下來。

「思宇——」嬌滴滴的聲音。

關思宇把菸一扔，踩了兩腳，「來了。」

他跟左俊昊幾個說：「我過去一會兒，你們聊。」

「你妹——」

「狗東西！」

一群男生紛紛調侃。

左俊昊笑罵，「打夜球還帶女朋友，賤不賤。」

季冰說：「說得好像你沒帶過女的一樣，上次野炊一群人就你帶了個學妹，少他媽裝。」

「怪我？」左俊昊勾唇，「自己趕著來的我又不好拒絕。」

「滾吧。你遲早有一天需要補補。」

「你補我都不補。」

季冰斜他：「你別不信。你傷這麼多小姑娘的心，早晚被別的小姑娘傷回來。」

左俊昊瞇眼笑：「那再好不過了，我等著。」

說笑間，有人走進籃球場。

「讓哥來了。」眼尖的瞄見，喊了一聲。

左俊昊把菸掐了，抱著球過去。看他手裡拿著一杯東西，驚訝道：「粉色的，你怎麼喝這個，不甜啊？」

陳讓睫毛顫了一下，「嗯」了聲。把手裡還剩一半的奶茶捏扁，丟進旁邊綠色大垃圾桶，「剛剛忘記扔了。」

左俊昊問：「你晚上去哪了？」

「沒去哪。」陳讓拍掉他手裡的球，隨口答了句，運球往場內走。

幾個坐著的也都起身，一群人在燈下打球。有一中的，有職校的。關思宇是職業學校裡帶頭的，卻沒在場上。

打了一會兒，有人想起缺席的人，「關思宇怎麼還沒過來，在搞什麼？」

「誰知道啊。」

幾個人回頭朝車看，笑得滿臉深意，「說不定正忙著呢。」

陳讓沒什麼表情：「關思宇也來了？」

「是啊。」左俊昊挑下巴，「車裡呢。」

他們在看看那邊的熱鬧，陳讓不感興趣，重新運球。

左俊昊手插口袋，看他還是那副萬事不管的樣子，玩味地說：「你有沒有見過關思宇的女朋友？看著能掐出水來。」

季冰道：「你掐過？」

左俊昊對他說了個滾，繼續跟陳讓說：「而且身材不錯，還挺瘦。」

又是季冰先接話：「你不去做探測器可惜了。」

左俊昊忍不住上腳踹他：「能不能滾！我跟陳讓說話關你什麼事。」

旁邊的搭腔：「有嗎？看著一般啊。」

「這個年紀已經不錯了。」左俊昊嗤笑，「你們別成天做夢行不行。」

「真的假的？」

「你怎麼這麼懂……」

幾句話引發一群人討論。

左俊昊還惦記著陳讓，張嘴要說話，被季冰打斷：「好了，你當陳讓跟你一樣，你說再多他也還是一句沒興趣。」

左俊昊一噎，「也是。」

頓了頓，左俊昊想起什麼，笑說，「我差點忘了，比她更好的也不是沒有。齊歡她就不止……」

話沒說完，籃球朝他砸了過來。

「操——」左俊昊猛地躲開。

陳讓站在三分線外，眉眼在燈光下略低暗，淡淡睨他，「要打球就打球，少他媽一堆廢話。」

遇上張友玉之後，齊歡和陳讓逛了會兒，他接到電話，左俊昊他們找他，她回家方向不同，在路口分開叫計程車走了。

開開心心哼著歌，滿臉笑意兜不住。

「姑娘——」進門時鄒嬸叫住她，停下擦櫃子的工作，眼神朝裡面示意，「太太回來了。」

齊歡臉上的笑意緩慢往回斂，「什麼時候回來的？」

「下午。」

低頭看了眼玄關，這才注意到，有雙和她尺碼差不多的鞋子。

「石珊珊也來了？」她問。

鄒嬸說是。

「知道了。」齊歡低下視線，換上拖鞋進去。

客廳裡面有陣陣說笑聲。齊歡路過沒停，往前走。

「站住！」呵斥聲喊住她。

齊歡停住腳步。

「妳去哪了？整個晚上不見人，回來也不說一聲，像話嗎？」

轉身投去視線，方秋蘅坐在沙發上，滿目不悅。旁邊是雙手疊放在腿上的石珊珊，穿一身連身過膝裙，是溫和的淺色，和滿臉乖巧正相稱。

齊歡懶懶地回答：「有事出去。」

「妳一天到晚在外面跑，沒有一點女孩子樣，大晚上不回家也不跟家裡人說一聲，就仗著妳爸爸不罵妳是吧？」

「我倒是想說啊。」齊歡嗤笑，「妳在家嗎？」

「妳……」

「還有。她——」齊歡對著石珊珊的方向抬下巴，「她不也大晚上不回家跑別人家嗎，有什麼好說的。」

石珊珊臉色微變，垂下頭。

「妳說的這是什麼話！」方秋蘅生氣，「妳一天到晚在外面野，惹是生非不學好，我帶珊珊回來，珊珊陪我聊聊天妳就這種態度，妳知道說珊珊，怎麼不知道反省，妳看看妳哪一點像女孩子？現在就學會頂嘴了……」

「秋蘅阿姨。」石珊珊輕輕喊了一句，伸手扯了扯方秋蘅的衣袖。

方秋蘅停了話，胸口上下起伏。

齊歡看著她們，咧開嘴笑：「我又不是第一天頂嘴。」

她站在那，眼裡一片淡漠，「先管好妳們自己吧。」

回房以後，所有聲音全都被隔絕在外。方秋蘅的大聲斥責，石珊珊在旁邊勸解寬慰的小意言語，澈底聽不到了。

鄒嫂來敲門，問她有沒有事。

齊歡光腳蹲在凳子上，兩手橫在膝上發呆，好半晌才朝外回了句：「我沒事，鄒嬸妳去忙吧。」

書桌上放的書都沒有翻開，她的視線飄散，自己也不知道在看什麼。

拿起手機撥出熟悉的號碼，等了很久很久。久到撥號聲直接停止，沒有人接。她又打了一遍，沒通。再一遍，還是忙音。

過會兒，手機震動，收到訊息：『在談生意，飯桌上不方便。』

她看了兩遍，低頭，額頭抵住膝蓋。呆坐許久，齊歡把腿放下，有些發麻。在通話記錄裡找到另一個號碼，她看了十多秒，打了過去。

撥號到一半，那邊接了。略帶凌亂起伏的氣息，有一點點磁性，『喂。』

「……」齊歡的手指在桌上劃著圈，聲音很低，「陳讓。」

『幹嘛？』

她聽到他喝水，那邊有說話聲，走路跑動，鞋底碾過砂礫的動靜。

「你到家了嗎。」她問。

他說：『在打籃球。』

「和左俊昊？」

『嗯。』

齊歡扯了扯嘴角，「這樣啊。」

他沒說話。

安靜了好一會兒，誰都沒有出聲。

齊歡突然開口：「你是不是也覺得我很煩。」

陳讓默不作聲。好久都沒聽到回答。

「你不說話，我要掛電話啦。」她輕輕說。

時間滴答、滴答走，緩慢而滯重。她呵出一口氣，喉頭發熱。手機貼著臉頰下移。

『……沒有。』

手機聽筒離開耳朵有些距離，但她還是聽到了。

清清楚楚。

陳讓的語氣很平淡，淺淺幾個字，聽不出半點起伏情緒。可是卻讓她眼眶發熱，鼻子酸酸的，像泛起了檸檬的味道。

「陳讓。」齊歡說，「我能不能去找你。」

那邊有風吹的低嘯。他沒有說好，也沒有說不好。

停了一會兒，然後她聽到他開口：『卉甯路七十五號，旁邊籃球場。』

球場邊間隔一段就有一柱路燈，離地距離遠，燈光落到底下，明亮遞減，變得淡薄。

齊歡坐計程車過去，踏進球場範圍，就聽一群人聊天說話，伴著單一的運球節奏聲。

「欸，齊歡？」左俊昊和人說著話，最先注意到她，一怔。

齊歡抿著唇，笑似非笑，算是打過招呼。心情不好，沒了往常的情緒和他插科打諢。

「誰啊？」職校的發問。

左俊昊沒答，看著她，「妳怎麼來了，妳……」話音停頓，看向球場上的陳讓，有些猶疑。

陳讓停了投籃動作，手裡放慢速度，一下一下拍球，站在那，目光很平靜。

像是在等她。

齊歡走過去，沒和其他人說話，跟左俊昊也沒多說。

「那個女生和讓哥……」看她走向陳讓，旁邊幾個按捺不住追問。

季冰賣關子：「你們看了覺得像什麼情況。」

「我們不是你們，怎麼知道。」

「猜啊。」

「猜個屁！」幾個人踢他和左俊昊的腳尖，「什麼情況，以前沒見過啊。」

季冰把手一攤：「我們也不知道。」

「我去，這樣就沒意思了……」

「沒騙你們。」左俊昊開口，和季冰對視一眼，都無奈，「我們確實不知道。」

齊歡來了他們才看到。鬼知道他們倆幹什麼。

球場中。

走到陳讓面前，齊歡突然不知道要說什麼好。出來找他，然後呢？她也沒想過那麼多。只是煩躁，悶得慌，不想再待在家裡。

陳讓視線低下來，睨她。手裡球沒停，又拍了兩下，彈給她。齊歡退了一步，下意識接住。抬頭看。

「打不打。」他問。

齊歡頓了頓。他口吻平靜，沒有多餘語氣，似乎只是隨意的一句。

她點頭，沒有多想。

兩個人在場上打起球。齊歡當然不會是陳讓的對手，打得不嚴謹也不正規，但他同樣沒有放水的意思。球在齊歡手裡，一到陳讓面前，她要繞過他的時候就會被他截下。

齊歡跟莊慕、嚴書龍他們玩過籃球，但女孩子不可能真的混在男生隊伍，他們認真想玩一場的時候，她從來只能在旁邊看。只有打著玩的，他們才會跟她一起。去年比較多，現在齊歡也懶得在他們打球的時候湊熱鬧。

雖然不是菜鳥，但那一點點對籃球的瞭解還是派不上用場。陳讓搶齊歡的球就跟與小孩玩似的，隨隨便便的事。每到籃下球就被他截斷，然後他或是俐落地運球去另一邊投籃，或是乾脆原地遠投。

齊歡是不服輸的性子，越是較上勁，越是不肯輕易甘休。一次球被搶，兩次球被搶，三次、四次、五次……十次，她在偌大一個球場上來回跑，額頭都出了汗。

關思宇哄完女朋友回到場邊，一見場上多了個人，還是女的，頓時驚奇，「這是誰啊，面子這麼大，讓哥還陪打球呢？」

「你不認識。」

左俊昊幾個盯著場上看，一時連調侃他都跳過了。

「我當然知道我不認識，你們不是廢話嘛，認識我還問。」關思宇笑著坐下。瞧了一會兒，他臉擰了起來：「讓哥幹嘛呢，把一女生弄得沒半點還手餘地。」

這個問題沒人回答。

齊歡和陳讓還在打球。

她都記不清自己手裡的球是第幾次被陳讓搶了，一股鬱氣積到胸口，越來越忍不住。又一次，陳讓搶了她的球要繞過她，她不知是太在意還是別的，竟然跟上了他的動作，在他繞開之前擋住路，重重一拍把球截到自己手裡。不止球，還打到了他的手。

她的力道有點大，「啪」地一聲，連同拍球的聲音一起，他的手背泛起紅。

齊歡沒管，帶球運了兩步就投籃，狠狠把球投向該投的地方。她不管不顧，用的是蠻力，像是要把全身的力都發洩般砸出去。

「哐——」球砸得籃筐都發顫，聲音震得耳膜也發顫。

沒中。

顫動的耳膜慢慢恢復。齊歡垂頭，汗滑下來，又微微仰頭喘氣。球落回地上，自由彈跳幾下，最後滾動。

「痛快了？」

站了半晌聽到陳讓的聲音，她回頭。他不知道什麼時候到場邊又回來，扔給她一瓶水。她接住，氣息緩和。

他說：「痛快了就回家。」

堵在胸口的鬱氣消了大半，隨著砸到籃筐的那一下，煙消雲散。齊歡抹了抹額頭的汗，沒說什麼。她抬眸看他，想說話，一直沒有開口。

良久，她恢復正常，說好，「我回去了。」

沒把礦泉水擰開，她拿在手裡，對左俊昊和季冰頷首，朝路口走。快要離開球場尾部路燈的籠罩時，身後傳來腳步聲。

她就著回頭的姿勢一愣，「你……」

陳讓穿上外套，手插口袋，是最初見時那下巴微抬的散漫模樣。

「走。」只有一個字。

她怔然，他等也不等她，已經越過她身邊自己往前。

反應過來，她馬上跟上。

從球場出去，到路邊，陳讓攔下計程車，齊歡愣愣跟著坐進去。

他說：「地址。」

「什麼？」

「妳家。」

她明白過來，報給司機。

車門關上，齊歡側頭盯著他，「我們……」

他拿出手機玩，「別跟我說話。」

「為什麼……」

「打球累。」

「……」

齊歡很想問。問現在是什麼情況，問他為什麼跟她打球，還有很多很多，自己也講不清的問題。

因為他這句別和他說話，全都悶在肚子裡沒法開口。

車一路開，景致越來越熟悉。司機把車停在她每天出入的路口。陳讓頭也沒抬，玩著遊戲，「妳可以下去了。」

「那你去哪，回家嗎？」齊歡問。

「不然呢？」他覺得她問的是個白癡問題。

她「喔」了聲，沒再廢話，乖乖下車。跟他揮揮手，說過再見才關車門，轉身往家門走。

這一片都是獨棟別墅，環境保全都是一等一。齊歡進了大門，回頭看，那輛計程車還停在那沒走。再往前，等她快到家門口時，才聽到外面引擎發動，車輪碾過地面，慢慢駛離。

聲音漸小，漸遠。

齊歡回到房間，收到一則訊息。不是陳讓，而是左俊昊。

『妹妹呀，妳到家沒。』

她正打著字打算回過去，他很快又傳來一則：『我看妳跟陳讓一塊走出去，他那臭脾氣肯定把妳扔在路口了是不是？』

頓了一下，她刪掉打好的內容，打了一個「沒」字，不等一句話打完發出去，左俊昊又來：

『我都體會過幾百次了。』

『哎。』

『妳在哪，我們過來送妳回去吧，大晚上妳一個女的。』

她的手停住。

窗外天有些黑，烏漆漆的，但暗是暗，還是能看到雲層裡隱約的熠熠亮光。

好半天，齊歡回過去：『謝謝。不過不用啦，我已經到家了。』

陳讓沒有把她扔在哪裡。

十五分鐘的車程，由那一邊的籃球場開到這一邊。他陪她途徑了禾城的一小片，從隨便的街道，一直到她家門前。不耐地冷言冷語，甚至一貫地不願多說幾個字。卻一直和計程車等在路口，確保她踏進家門，平安無恙。

齊歡和陳讓單獨吃飯這件事，一中的人知不知道她不清楚，對嚴書龍他們，她一開始就沒隱藏。

莊慕不爽，當然不會主動和她聊，倒是嚴書龍，全身的八卦細胞控制不住，下課時跑來問東問西。換做往常還有心思和他閒扯兩句，但那頓飯回家後壞了心情，齊歡一點也不想再提。頭疼的是張友玉還真的來找她問那個傻問題，齊歡根本不知道該「傳授」什麼，只好用一些平時翻雜誌看到的內容回答，總算應付過去。

冗長的一週一如既往，和平常沒有不同。不上課的空隙她就去一中轉，看陳讓他們打打球，跟他們聊兩句。

又是週日，一整個上午，嚴書龍都在盤算下午和晚上不上課去哪玩，齊歡懶得想這些問題，搪塞給他自己想。一群人出校門到分開各回各家，也沒有討論出結果，約好了下午出來碰面再說。

鄒嬸廚藝很好，特別練了幾道齊歡愛吃的菜，非常拿手。一進門，聞到飄出來的香味，說不上好還是壞的心情因為饑餓感，增添了一絲期待的愉悅。

「鄒嬸，今天吃什麼？我……」齊歡踩著拖鞋進去，鞋底在木地板上噠噠作響，臉上的笑意卻在看到餐廳裡坐著的人時慢慢僵住。

「歡歡，妳……回來了。」石珊珊坐在白色大理石餐桌邊，和她打招呼，笑容閃過一絲拘謹。

「妳怎麼又來了。」齊歡倚著飯廳門框。

「齊歡！」下一秒，方秋蘅斥責的語氣如期而至，她端了盤菜出來——當然不是她炒的，她從來都是十指不沾陽春水——正站在廚房門口，不悅皺眉：「珊珊來家裡吃個飯，妳又在說什麼！」

「我能說什麼？」齊歡懶懶一笑。

石珊珊站起來，想過來拉齊歡，動了動手臂還是站在原地。

「該吃飯了，歡歡妳過來坐。」她說。

聲音溫溫柔柔，和紀茉很像，但齊歡聽紀茉說話從來不會覺得煩。

鄒嬸從廚房出來，手裡也端著一盤菜，見齊歡站在那，頓了一下，趕忙放下，說：「姑娘想吃什麼，我馬上去做……」

方秋蘅把手裡盤子放到桌上，打斷：「還做什麼，這麼多菜不夠？」

鄒嬸在圍裙上擦手的動作尷尬停了停。

齊歡噙著笑站在那，掃過桌上五菜一湯，目光無波無瀾。

「我不吃韭菜。」

「酸甜的菜不碰。」

「也不喜歡吃鴨肉。」

很隨意的幾句話，語氣隨意，姿態更無所謂。

方秋蘅卻微微變了臉色，因她這樣漫不經心的眼神和這幾句話：「妳……」

「我知道。」齊歡輕笑，「是啊，我挑食。妳想說的我都知道。」

她無趣收了目光。

「妳們慢吃，吃得開心。」

不再跟她們廢話，轉身踩著拖鞋走人回房。

背後方秋蘅說什麼她沒去聽。石珊珊柔柔弱弱的聲音夾雜其中，還有鄒嬸在勸著什麼。

齊歡進臥室，門關得有點重。往床上一躺，仰面看天花板，抬手捂在眼睛上，無言闔目。

她不吃的東西並非第一天不吃，石珊珊的口味也不是第一天和她相反。她說那幾句話，不是在針對誰，更不是故意找麻煩，只是事實。而事實便是，那滿桌子菜，全是石珊珊愛吃的。

沒有一道是她喜歡的。

朦朧睡了個短暫的覺，十幾分鐘時間。鄒嬸來敲過門叫她吃午飯，齊歡呢喃應了兩句，沒出去。

嚴書龍和莊慕傳訊息給她，問她什麼時候出門。

齊歡興致缺缺，回覆說：『你們去吧，我懶得去。』

從房間出去，石珊珊還在。從轉角走過來，似是想來叫齊歡，離著幾步遠期期艾艾。

齊歡經過石珊珊身邊，不看她一眼，半點多餘眼光都沒有分給她。

「歡歡……」她擋住齊歡的路。

齊歡不耐：「讓開，沒事別煩我。」

「妳沒吃中午飯，餓久了對胃不好，還是去吃一點吧。」

齊歡懶得說話，繞開就走。

「我知道妳不高興看到我。」石珊珊繼續攔她，「但是秋蘅阿姨叫我來只是想讓家裡更熱鬧一點，妳……」

齊歡嗤笑，「家裡？妳還真不懂得客氣。」

「我……」

「妳媽在醫院病床上都快死了，妳還有心情在這陪別人的媽聊天解悶。就這方面，我還不如妳。」

輕飄飄一句話，說得石珊珊臉色猛變。

齊歡睨她，笑得玩味：「真孝順。」

不再浪費時間，齊歡收了表情，越過她走人。

「——妳還是收收吧，我不吃妳那套。」

※　※　※

齊歡捧著杯溫奶茶在街上閒逛，漫無目的走到哪裡算哪裡。沒去找嚴書龍和莊慕，她時在沒有玩樂的心情。沿街隨意逛，累了就在街邊石凳坐下休息，消磨著，一下午功夫沒多久便過去了。儘管填了一肚子小吃，但撐不久，到了傍晚餓得厲害。

齊歡正琢磨找地方吃飯，錯眼見前面有個熟悉的身影。以為是錯覺，她瞇眼認真看了半天，確定沒認錯，當即揚起笑跑過去，「陳讓——」

陳讓手插口袋站在路邊，聞聲轉頭朝她看來。

「陳讓、陳讓、陳讓！」齊歡衝到他身邊，仰頭笑：「好巧，你要去哪啊？」

陳讓淡淡答：「沒去哪。」

「我無聊死了，正好碰上你，一起逛街吧？」

「不逛。」

「你吃飯了沒，去吃飯？」

「不去。」

「啊，為什麼？」

他看著斑馬線對面的燈，眼也沒轉，「回家。」

燈變成綠色，陳讓提步。齊歡跟在旁邊。

到馬路對面，走了幾步，他停下：「妳跟著我幹嘛？」

她理由充分：「順路啊。」

陳讓沒再出聲。

齊歡一路沒說話，只是偶爾側眸打量他。他又高又挺拔，穿藍色和白色格外好看。本來她很不喜歡一中的校服，見過他穿之後，莫名覺得那身搶眼顏色，竟然意外的好看。

像他這種冷淡性格，嚴謹的一面卻似乎只體現在和成績、智商有關的方面，就像之前許多次找他問題目領教過的那樣。其餘時候，總有種難言的痞氣。

就好比現在。

他手插在口袋裡，步伐隨意，眉目疏淡，顯得尤為散漫。五官好看得像畫，但俊秀面龐清清冷冷，眼角眉梢又有些躁意。好像什麼都不會放在心上。

齊歡放慢了腳步，稍稍落後他一些。視線停在他那一截手腕上。不會過於纖瘦，穩重而有力，握筆能寫出一個又一個雋逸字體。他的手腕，戴紅手繩一定非常非常好看。

專注走神，他什麼時候停下了齊歡也不知道，一抬眸，人就撞上了他半個身子。

「——呃。」踉蹌一下她往後退了小半步，「對不起。」

陳讓瞥她，辨不出情緒，只有兩個字：「紅燈。」

齊歡摸了摸鼻子。臉撞到他胳膊，不怎麼疼。動作頓了一下，她抬頭：「你都用什麼沐浴乳？」

「不知道。」

「哇哦。」

她和他隔了一點距離，隱約還留有剛才撞到他身上盈滿鼻端的氣息。

齊歡吸了吸鼻子，往他身邊挪過去一點，笑吟吟抬眸。

「你身上好香啊，陳讓。」她眼裡盈盈，眉眼都彎了起來，「聞起來很好吃的樣子。」

陳讓盯著前方，眼睫顫了顫。

走了幾十分鐘，陳讓突然在某個路口停下。

齊歡不明所以發問：「怎麼了？」

他有些無語，「我到家了，妳別再跟著我。」

抬頭看，不知不覺已經身處一片獨棟別墅區，每家每戶周圍都立著一圈高大圍牆，錯落間隔開。

「你到家啦？」齊歡愣了下，意外地沒有繼續糾纏，「那你回去吧。」

她笑著，很是活潑地沖他擺手，「拜拜。」

陳讓眉頭蹙了一下，最後沒說什麼，提步往前。

他漸遠，齊歡站在原地沒有跟上去，也沒有即刻走人。夕陽把她的影子拉得細長。看著他進家門，視線裡澈底隔絕他的身影，她隨手揉了揉腦後頭髮，才轉身邁開大步。

家裡一片寂靜，大門在身後關上的聲音滯緩悶重。陳讓踩著拖鞋上樓，二樓光線比樓下亮，靜倒是一樣的靜。

他倒了杯水，端著杯子回房。打開通訊軟體，手機震動不停，幾個人吆喝著相約打遊戲。

陳讓沒什麼事，放下杯子便也加入。一局打起來快的二十分鐘，慢的也要三十分鐘起跳。陳讓打遊戲跟做作業一樣，快狠準，沒有多餘的操作。連打三局，再抬眼，窗外天黑了。

陳讓靠坐在床頭，不打算再玩，在對話方塊寫訊息，「不玩了」三個字還沒發送出去，突然加入個人。

『喂喂，聽得到我說話嗎？』

聊天欄裡頓時跟炸了一樣。

『操！聲音大得要嚇死老子。』

『左俊昊你有毛病吧，開語音幹什麼！』

陳讓表情平平，點叉正要退出，又聽開語音的左俊昊說：『別吵、別吵，帶齊歡玩一局，我拉她進來。』

一群人頓了頓，紛紛開始質疑左俊昊，螢幕上文字刷得更快了：

『你這狗東西！』

『我去，就你殷勤，人情全讓你賣了。』

『齊歡來了沒？齊歡啊妳聽我說，趕緊離這個人渣遠一點，他鐵定沒安好心。』

『就是，要打遊戲喊我啊，我帶妳也行……』

左俊昊沒說話，很快，語音沙沙響了幾下，又一個帳號進來。

『喂？』齊歡清爽的聲音響起，『聽得到嗎？』

螢幕一連串的「聽得到」、「聽得到」。

左俊昊說：『她不會玩，都讓著點。等等聽我指揮。』

一句話引得眾人都在罵他。

陳讓一直沒說話，打好的三個字也沒發出去。

左俊昊說了一堆廢話，想起什麼：『陳讓呢？』

陳讓抿了下唇角，停在螢幕右上角半天的手指正要按下叉，清爽的女聲緊接響起：『陳讓？他也在啊？』

她那邊背景音略大，不是在室內，似乎是在街上。這句話只是短短幾秒，其他人沒注意，陳讓卻聽得一頓。

大家你一句、我一句打字回齊歡：

『當然在啊，我們組團打遊戲怎麼能少了讓哥。』

『讓哥技術神乎其技，少了他還玩什麼。』

『就是，齊歡妳別被左俊昊這狗東西騙了，妳喊讓哥帶妳就好，離那一個人渣遠一點！』

他們後面說了什麼，陳讓沒往下看，把那句「不玩了」發出去。點下叉退出遊戲，那一瞬間，齊歡又說了句話，背景音夾雜在後，是很熟悉的聲響，很熟悉的地方。

陳讓越發皺眉。抿唇幾秒，他抓過扔在一旁的外套，起身出了家門。

外面天已經黑透，路燈亮起。轉過兩個路口，走過三條街，不到十分鐘的步行距離，老遠就聽到那條美食小街上人來人往的聲音，空氣裡都是食物的香味。陳讓逆著街上人流漫步穿行，沒多久，停下腳步。

在街口過去一些的位置，大花叢旁圍了一圈長凳，齊歡就坐在那，面朝右邊街道，正對著賣煎餅的門店。

頭頂漆黑天幕掛滿繁星，鱗次櫛比的店鋪將整條街照得燈火通明。嘈雜人群裡，橙暖光線、誘人香氣和熱鬧氛圍融匯在一起。

她漫不經心，安靜坐在那裡玩遊戲。

孤身一人。

齊歡作為一個新人，得到了他們最大程度的保護。這一局打得特別痛快，樂得晃蕩起了腿。

左俊昊發來語音：『再打一把？』

她剛想說「好啊」，面前光線忽然暗了下去。

「妳在這幹什麼？」

抬眸一看驀地怔住，手按在語音錄製的鍵上，因幾秒沒有半點聲響，操作失敗功能自動跳開。

「……陳讓？」她眨眨眼，看看左邊，又看看右邊，反應不及，「你怎麼在這裡？」

他的視線緊緊盯住了她，「這裡離我家不到十分鐘，這話應該我問妳。」

陳讓退遊戲退的突然，但大家都沒放在心上，當時就有好幾個人跳出來解釋，說他可能是玩累了去休息。沒辦法跟他一起玩遊戲，齊歡有點小小遺憾，不過倒是沒多想。她進去才說了幾句話，哪可能惹到陳讓，他退遊戲估計和她沒什麼關係。於是點好準備靜等他們開始，沒再說話。

跟他們一塊打遊戲是個臨時決定。傍晚的時候在陳讓家附近和他告別，齊歡逛了一會兒沒哪裡想去，就近找了個長椅坐下。

是一條美食小街，她坐在路口，對面開了家賣煎餅的店。門邊的音響每隔幾秒就不停重複：「老鄭家正宗山東煎餅——」

還有一些流動小攤擺在人行道旁，各種香味飄來散去。

她剛坐下的時候看到某家店門口有個用來招攬顧客的立牌特別有趣，順手拍下傳給了左俊昊調侃他。結果說著說著，不知怎麼扯到了遊戲，然後就被他拉了進去帶著玩。

此刻陳讓突然出現在面前，她愣著，忘了遊戲，左俊昊連發幾條語音。

『準備開始了。』

『齊歡？開始了，妳準備一下。』

『人呢？齊歡妳還在不在？齊歡？』

『……』

她趕忙回過神，回他：「我不玩了，你們玩吧。謝謝你們帶我！下次有機會再一起。」

不等他們說什麼，就從遊戲組隊裡退出來。

把轉回螢幕保護畫面的手機放進口帶裡，齊歡站起來，想說話，一時又不知道該說什麼。

陳讓目光莫測：「妳不回家在這晃什麼？」

「不想太早回去。」她低了低頭，很快又含著笑抬頭，「你無聊出來解悶嗎？我陪你逛街啊！」

「沒興趣。」

她撇了下嘴，「有沒有必要拒絕這麼快。」

一陣沉默。

「正宗山東老鄭家煎餅——」對面小販的廣告聲插進無言的兩人之間。

齊歡瞄了那邊一眼，又瞄他：「我請你吃煎餅？」

陳讓毫無表情：「不吃。」

「……」她暗暗嘆氣，無奈退了一步在長凳上重新坐下，仰頭看他，「那你有事就去忙吧，我不吵你了。」

雖然不知道他出來有什麼事，但總歸是有事情才會出來的。預備等他走了再重新拿出手機玩遊戲，未料，他一直沒動。

「陳讓？」齊歡打量他，後半句的「你怎麼還沒走」忍了忍沒有說出來。

他不太高興的樣子，閉了閉眼，而後眉頭擰著看她。她有點緊張，不知道哪裡得罪了他。

「上次妳請我，今天還妳。」陳讓忽然說。

「啊？」

「跟上。」他不廢話，轉身就走。

齊歡坐在椅子上沒動，不明所以。他走了幾步停下，回頭瞥過來。她指自己，滿臉疑問。

他重複一遍：「叫妳跟上。」

齊歡連忙從凳子上蹦起來，小跑追上他。走出美食小街，齊歡在他旁邊，不住問：「我們要去哪啊，陳讓？」

「吃飯。」

「你要請我吃飯嗎？」她又問。

他看著前方，勉強應了一句。

她雀躍起來：「那我們吃什麼？」

他不理。

齊歡左看右看，四處張望。

「川菜哎，吃這個？」

「……」

「不然吃這個，湘菜也不錯。」

「……」

「哇！那家的招牌湯看起來很好喝，要不要去那……」她一路走一路指，看到哪家都想進去。

陳讓被煩得受不了，忍不住：「哪都不去，別吵。」

齊歡不解：「那我們吃什麼？」

「跟著就是。」他還是那句話，額外又重複一句，「別吵。」

她只好閉嘴。

路越走越熟，雖然只走過一次，齊歡還是有印象，「這是……去你家？」

下午她跟在他旁邊，走過一遍。

陳讓不置可否，說了一句：「怕就別來。」

怕？齊歡不服氣，有什麼好怕。

跟著他去了他家，進門時齊歡還有點拘謹，而後發現沒有人，鬆了口氣。二樓格局和樓下不同，相同的是那一份毫無區別的安靜。陳讓第一件事就是回房把外套脫了扔下，齊歡跟到一半，沒過去。

他出來，兩人迎面對上。

齊歡有點尷尬，瞥見旁邊還有間房，扯開話題：「這間房間是誰住的啊？你爸媽嗎？」

他的眼睫顫了下，淡淡道：「我爸。」

「哦……」她轉頭看了一眼四周，「你家……現在就你一個人在家？」

「就我一個。」

她想到他之前說的話，不禁「噗嗤」笑了一下：「你剛不會就是因為這個，就你一個人在家，所以才說讓我怕就別來？這有什麼……」

「晚上跟男人單獨回家，這件事好笑？」陳讓打斷，「妳要是覺得這件事很有趣，不值得怕，我房間就在後面，我們可以去床上試一試。」

「我……」她啞然，笑不出來了，下意識退後一步。

陳讓將她的表情看在眼裡，還是沒有多餘的情緒。

「妳旁邊這間房間，是我爸的臥室。」他忽然換了話題：「每次回家他都會帶女人回來，每一次都是不同的人。」

齊歡聽得微微怔住。好半晌，她抿唇：「對不起。」

「對不起什麼。」

「我問的問題……」

「無所謂。」陳讓提步朝廚房走，和她擦肩而過，「妳問不問都改變不了事實。」

齊歡還站在那。

「發什麼呆，來廚房幫忙。」他的聲音傳來。

她回過神，連忙應了兩聲跟過去。進了廚房，陳讓家的冰箱一看就是常用的，裡面塞得滿滿的，卻是井井有條。齊歡問：「你要做飯啊？」

陳讓對她的明知故問一個字都不想答。齊歡手忙腳亂接他拿出來的食材，見他開始料理，半天沒回過神，「你會做菜？」

他的架勢，洗菜、切菜、刮蹭刀刃邊緣，動作分明很熟練。在看到這一幕之前，齊歡是完全不敢想。哪怕直到剛才，她也只是想著他大概要隨便應付一下煮兩個菜填肚子，煮熟就算不錯了。

陳讓懶得理她。將一袋子蔬菜遞過去：「洗乾淨。」

齊歡在水槽裡洗菜，手裡不停，眼睛卻一直盯著旁邊的他。

「你平時都是自己做飯吃？」她忍不住問出口。

「除了我這裡還有別人？」

「……」她一句話都說不出來。別說煮飯做菜，她連掃地都掃不好，除了在學校參加過集體勞動活動，在家裡基本上是十指不沾陽春水。和他比，這方面差得遠了。

廚房裡的事齊歡幫不上忙，站在旁邊看，陳讓嫌她礙事，菜下鍋前就趕人：「出去。」

她暗暗吐舌頭，老實離開不屬於她的地盤。墊著腳在廚房門口看，閒著沒事的齊歡左轉轉、右轉轉，在客廳裡轉了幾圈，最後停在餐廳飯桌邊。

十多分鐘，陳讓弄好了兩個菜。

見他出來，玩手機的齊歡問：「都好啦？」

「沒。」陳讓腳步沒停，直接進了房間。

她踮腳瞧了一眼，廚房鍋裡似乎在煮什麼。齊歡吸鼻子，味道引人犯罪，聞起來香得讓人想哭。

她拿出手機，點開「我超喜歡他」個人版面，非常不矜持地在自己蓋的那棟碎碎念高樓回覆。

『！！！！！』一串毫無意義的驚嘆號，只能表達她淺層的心情。

她長舒了口氣，打下兩句：『真的，又一個瞬間，我感覺自己超級超級超級喜歡他。』

看著新回覆的兩個版面，齊歡覺得還有一股無法言說的心情悶在胸口。

「妳還在玩什麼。」

她嚇了一跳，捂著手機猛地轉身。

陳讓在背後睨她，也不知看了多久，瞥她一眼，進廚房前扔下一句：「過來把筊白筍弄乾淨。」

「哦……」她回應，低頭看暗下來的手機螢幕，沒敢再次打開。

齊歡聽吩咐去處理筊白筍，後面的事交給陳讓，再度回到餐廳。這次沒玩手機。她站在飯桌邊，撐著凳子椅背，看他，看著看著就出了神。

陳讓的袖子捲到手肘，臉上表情還是那樣漫不經心，疏淡無謂的眉目中，似乎不帶任何情緒。只是穿梭在廚房這樣的地方，做著每個平凡家庭都會做的事，那抹淡漠，在這一刻也沾染上了煙火氣息。

溫暖而平和。

齊歡看了半天，不知從哪拉出一張小凳子，搬著小板凳往廚房門前一坐。

陳讓不經意瞥見，皺眉：「妳幹嘛？」

「看你做菜啊！」她兩手支在腿上，托著下巴的模樣像是捧著臉。

「……」陳讓不再理她，專心做自己的事。

齊歡坐在那沒有動彈，目光卻隨著他而移動。他的手，那雙字寫得很漂亮的手，處理柴米油鹽醬醋茶，依然姿態怡然。她禁不住，無聲長嘆。

心裡有個地方，陷下去一塊，陷得更深、更深了。今天比昨天，又更加喜歡他一點。

「陳讓。」她聲音裡有自己都察覺不到的柔和。

陳讓沒回頭：「說。」

「你回個頭嘛，回頭看我一下。」

那道身影沒有應答。幾秒後，卻還是轉過頭來，儘管目光平平。

齊歡迎上他的視線。頭頂燈光，這剎那，彷彿也是萬家燈火中的一盞。

「陳讓。」

他看到她彎唇，那雙眼裡可能偷了窗外繁星，滿滿都是熠熠柔光。

「你做菜的樣子，真好看。」

「……」陳讓和她對視幾秒，未置言辭，平靜轉回頭去。他做什麼都有條不紊，雖然被齊歡萬分干擾的視線盯著，卻都沒出錯。

三個菜、一個湯，熱氣騰騰溢著香味。落座時齊歡咦了聲，「一副碗筷？」

「我吃過了。」陳讓說。

傍晚她跟了他一路，那之前他就在外吃了，結果回來還是要進廚房。他在桌對面坐下，靠著椅背，低眸玩手機。齊歡執筷，摸著碗邊緣，邊吃邊看他。一時間，只有她進食的細小動靜，和他手機遊戲發出的音效聲。

抱著期待和懷疑嚐了第一口，齊歡對陳讓的廚藝立刻有了了解。看來他真的很常下廚，她不是行家說不出什麼點評的話，簡單粗暴的一句，就是好吃。

把飯吃得差不多，他遊戲也玩到第三局。兩人無言許久，齊歡端起杯子喝水，打破安靜，誇他：「這道菜好好吃，那道也是──還有筊白筍！都超好吃。」

陳讓不鹹不淡：「嗯。」

她誇到底：「沒想到你廚藝這麼棒！」頓了下，笑得越發燦爛，「跟你過日子，一定特別開心。」

手機裡傳出一陣繚亂音效，陳讓手指在螢幕上飛快，他抬眸看她一眼：「跟我過日子還有更開心的，妳要不要試試。」

「……」齊歡一噎。

還沒反應過來，他已經起身回房間：「吃完把碗洗了。」

留下她，被他這句明明很正常的話，弄得莫名漲紅了臉。

齊歡第一次來陳讓家，終於知道他房間長什麼樣子。乾乾淨淨，沒有多餘裝飾和佈置，書櫃上陳列著各類書籍，不是很新的樣子，大概都翻看過了。書桌上堆了一疊習題本，雖然一中是公立、敏學是私立，但同是禾城的學校，用的教材相差無幾，好幾本她都有。

陳讓靠坐在床頭玩遊戲，齊歡四處轉轉看了會兒，坐也不是，站也不是。

「妳晃得我眼花。」他頭也沒抬。

「……」齊歡很想說，你哪裡看過我一眼了？腹誹完，還是在他書桌前坐下。

她側坐，手枕在椅背上，下巴壓住手臂盯著床上的看。房間裡很安靜，除了他玩遊戲的聲音，再無動靜。他也沒有要跟她說話的意思。

時間不早，是時候該回家了，齊歡待了幾分鐘，見他打完一局遊戲，正要開口說走，外頭傳來腳步聲。

有人上樓，還有說話聲。

她一頓：「是你爸媽……」

陳讓臉色驀地變了，沒等她把話說完，扔下手機起身朝外走：「妳待著別出來。」

他出去，甩門甩得有點重，齊歡站起來，有些發怔。

很快，外面傳來爭吵，陳讓，還有一道男人的聲音，其中夾雜著女人的聲線，不過沒多久就消失了，只剩男人厚沉嗓音。越吵越激烈。

齊歡愣愣站著，想出去看看是什麼情況，又不敢動。

陳讓說讓她待在這裡。

時間漫長，因為未知變得更加難熬。在她快要忍不住的時候，房間門猛地打開，臉色青寒的陳讓進來，摔門的動作比出去時還更重。

「陳讓……」齊歡惶惶喊了聲。

他看了她一眼，沒有多少好轉，唇瓣緊抿。

「你……」

「我現在不想說話。」他在床沿坐下，閉了閉眼。

齊歡只好噤聲。

外面的人不知道是誰，不知道現在是什麼情況，他一個字也不說。齊歡不知道該走還是該留。默了默，她鼓起勇氣出聲：「很晚了，我想回家……外面怎麼了？」

回家只是藉口，她更想問清什麼事。

陳讓抬眸，眼裡沉沉。沒等他回答，門外傳來「碰碰碰」的砸門聲。

「陳讓！你給老子滾出來！」

齊歡因這粗暴不客氣的語氣變了臉色，看向陳讓。

陳讓起身過去猛地打開門，「該滾的是你——」

電光火石間，齊歡才看清外面那男人，他揚手朝陳讓揮去。被陳讓穩穩接住。他捏著男人的手腕一推，「咚」地悶響，男人踉蹌撞到外面的牆壁。

「醉成這樣，你不如死在外面。」

齊歡被他諷刺話語中的冰冷，還有面前的情景嚇到，怔怔動唇：「陳讓……」

陳建戎平常很少在家，陳讓沒想到他會回來。喝得醉醺醺，還帶著一個妖裡妖氣的女人。剛剛在外面客廳吵了一架，那女人見他們父子就要動起手來，悻悻然拎著包走了。

陳建戎此時酒精上頭，憋了一肚子火，被陳讓推得肩膀撞牆，酸痛不已。一聽他房裡這道細嫩的聲音，睜著猩紅的醉眼看過去。見是個女的，當場咬牙啐了聲。

陳讓沉著臉要關門，陳建戎猛地推開。

「狗東西！屁大點年紀就不學好——」陳建戎醉醺醺發難，朝陳讓動起手來。

他們拉扯著，陳建戎神志不清醒地，兩人推拉間越來越靠近齊歡。齊歡下意識往後退。

「你老子睡女人你一天天搗亂，自己毛都沒長齊就帶女的回來亂搞！我打死你這個小畜生！」管教陳讓不過是藉口，陳建戎純粹撒酒瘋。

他們真的動起手來。

齊歡愣愣，不留神被波及，腰撞上陳讓的書桌，吃痛輕呼了聲。

陳建戎瞇著眼，腳步晃晃，赤著眼伸手要去碰齊歡，陳讓猛地推開他。

恍然間還沒反應過來，齊歡就被陳讓拽進了懷裡。鼻尖貼到他胸膛。

她愕然。

他的手扣著她的腦後，護住她，另一隻手應付陳建戎。齊歡就這麼被陳讓側身按在懷裡，能感受到他的脈搏，能聽到他的心跳，還有他和陳建戎單手爭執的動作，被他帶得腳下踉蹌。

「滾開！」他咬牙怒斥，寒意森然。

她還沒完全緩過神來，陳建戎已經被推倒在地。陳讓護著她快步出了房間，到客廳鬆手，改拽著她的手腕，扯著她一路下樓。她小跑，有些跟不上他的步伐。

到一樓大門前，陳讓放開她，「妳走吧，很晚了。」

「陳讓……」齊歡看著他，想說話，喉嚨像卡著一樣。

樓上沒有人追下來，沒有動靜，不知道那個男人撞牆倒地後怎麼樣了，也不知道陳讓要是再上去，會不會發生什麼。

他站在門邊，昏暗夜色下，沒有表情，「走吧。」

「那……我走了。」齊歡抿唇，好半晌才轉動腳尖。

她一步步朝院門走，不知為何覺得步伐格外沉重，短短一段路，像是怎麼也走不到頭。

快到門邊，她停住，回頭看了他一眼。

陳讓沒了往常懶散姿態，並未靠門框站。齊歡深吸一口氣，忽然跑回他面前。她撲進他懷裡，抬手抱住他。臉貼著他的胸膛，像方才他護住她一樣。

「沒事的，陳讓。」她緊緊抱著他，「我們明天見。」

說完，鬆開手轉身小跑出去，這一次沒有回頭。

鉤月高懸，掛於天際。或許是被濃重夜色襯的，亮光尤為慘白。院門緩慢關上，她的身影消失，腳步聲漸遠。陳讓一直站著，站了許久許久。

第五章　我超喜歡他

齊歡到家，心裡一直想著晚上的事。

猶豫半天傳訊息給左俊昊：『你知不知道陳讓家裡的事，他爸媽都是幹什麼的？』

左俊昊回的很快，但沒什麼用：『不太清楚，他很少說這些，怎麼了？』

看著他發的內容，齊歡喪氣。

『沒事，隨便問的。』傳了一則，馬上補充：『別跟陳讓說。』

左俊昊很厚道地說好，想就著話題跟她閒聊，她沒了再往下說的興趣。齊歡蹲在書桌前的凳子上，抱著膝蓋發了好久的呆。腦子裡混混沌沌，亂糟糟一團。試著給陳讓打電話，那邊沒人接，她心裡更加不安。

她忍不住傳訊息給他：『睡了嗎？』

好幾分鐘，那邊回過來一個簡潔的「嗯」。他不想接電話。齊歡能理解，他現在大概沒有心情。又在凳子上蹲了好久，齊歡回到床上。在被窩悶了半天，掀起一角，探出頭，翻身在枕上悵然嘆氣。沒有開燈，黑漆漆一片中，她點開手機軟體。

「我超喜歡他」論壇版裡，那篇名為「超喜歡」的文章，從她開始蓋樓後，已經有很多很多內容。指尖在螢幕上滑到底，翻到末頁。

齊歡盯著看了很久，螢幕白光照在她臉上。她抬指，在回覆框裡打下內容。

『今晚吃到了他做的菜。』

『可是我一點都不不開心。』

兩句話，兩層樓回覆。

齊歡發完，把手機螢幕闔上，蓋在臉上，默然長嘆一聲。

在他家大門口抱住他的瞬間，她覺得，他很難過。就在那一剎那，她突然也毫無理由地，因他的難過而難過起來。

一夜過去，白天在學校，齊歡有些難以集中精神。不知道該怎麼面對陳讓，不知道看到他的時候該說什麼好，該做什麼表情比較妥當。懷著這種心理，齊歡下午放學在福利社見到陳讓一群人，臉上的笑容有點不自在。

「陳讓。」她像往常一樣和他打招呼，努力讓自己看起來正常。

思來想去昨天的事還是不要提，她覺得他也不會想談。

「嗯。」陳讓倒是沒什麼異樣，平淡一如往常，不同的是破天荒應了聲。

「咳咳咳——」旁邊左俊昊正在喝水，猛地嗆到。

什麼什麼？陳讓應了？齊歡打招呼他從來不回應的！

左俊昊剛抹乾淨下巴的水，面前的陳讓突然從口袋裡掏出一樣東西。一串亮閃閃的東西，好像是手鏈。似乎是斷了，呈現一整條並未連起來的狀態。

他遞給齊歡，「昨天晚上落在我房間裡了。」

「噗——」這回季冰也嗆到了，噴出去一大口飲料，「咳咳咳！咳咳咳咳——」比左俊昊嗆得還狠，咳得快要背過氣去。

齊歡才發現手腕上空空如也，昨天心事太重，沒察覺手鏈不見了。她從陳讓手中接過手鏈，聽旁邊左俊昊和季冰咳得上氣不接下氣，不解看了他們一眼。感受到他們邊咳嗽邊投過來的眼神，她愣了一下。

震驚又難以言喻，滿眼都寫著幾個字——過、過夜了？

齊歡反應過來，臉驀地發熱。

左俊昊和季冰明顯是誤會了。陳讓卻沒有半點要解釋的意思，不知是覺得沒必要，還是懶得跟他們費口舌。他不說齊歡更不好開口，手鏈握在掌心，她尷尬半天擠出個笑，趕緊走人。

烏龍就這麼成了烏龍。

對於在陳讓家發生的那一遭，齊歡一直惦記著，耿耿於懷。看得出來他的家境不錯，但那個像是他親人的男人給人的感覺十分糟糕。

傍晚，上自習前齊歡和紀茉約在飲料店見，點了一堆水餃、三鮮粉絲之類的吃食，聊起那天的事。

「妳去過陳讓家了？」紀茉略驚訝。

「是啊。」齊歡嘆氣，「我總覺得他家裡氛圍很奇怪，但是我又不清楚，具體情況怎麼樣不太好說，就……唉，反正就挺那個的。」

那天發生的事齊歡沒有說，畢竟這是陳讓的隱私，她不能隨便對外講。紀茉給不了什麼建議，這個話題隨便扯了扯就過去了。

夾起一筷子粉絲放進勺子裡，紀茉沒往口中送，頓了頓，忽然說：「妳真的很喜歡陳讓啊。」

齊歡沒否認。

「妳為什麼喜歡他呢，我覺得他和妳不是一樣的人。」紀茉把勺子又沉回了碗裡。

「我是哪樣的人？」

「就是，就是……」她講不出來。

齊歡道：「完全一樣的人待在一起，有什麼意思。」

紀茉不語。

「我和他啊，有很多地方其實……」齊歡說到一半停住，沒把話說完。她頓了下笑說，「一不一樣有什麼關係？這些都不重要。我也講不明白為什麼喜歡他，但是從第一次看到他開始，就有種很奇怪的感覺。」

在紀茉半帶詢問的默然中，齊歡道：「從第一次見面我就覺得，我和他之間一定會有很多故事。」

「……」紀茉半天沒應答，良久，很淺很淺輕笑了下，「好文藝哦……」

齊歡「噗嗤」笑出聲，「好了好了，不說這個，妳不准在心裡笑我啊。」岔開話題，頓了兩秒，又斂神自己承認：「我平時不是這樣。可是陳讓……一碰上和他有關的事，我就變得有點控制不住自己。」

她對陳讓確實不一樣，很不一樣。這種特殊，不僅是她自己知道，紀茉知道，敏學、一中，幾乎所有人都知道。

紀茉垂下眼，目光像是落在湯上，又像是沒有，低聲感慨：「妳真的很喜歡他啊……」

想不清就不去想了，齊歡揉了把臉。她一筷子戳進胖餃子肚裡，笑得明朗：「是啊。非常喜歡，非常非常。」

左俊昊發現，陳讓今天拿手機的次數有點多。雖然陳讓平時也不太出去走動，但大多都是在寫習題本上的題目，像這樣玩手機還是比較少見的。早上問了一次，陳讓不僅沒答，還直接轉開螢幕把手機裝進口袋裡，理都沒理他。

跑完操場回來，陳讓已經坐在位置上，左俊昊進門的步伐微頓。又在玩手機。心下一動，左俊昊故意放輕腳步，極慢極慢地從陳讓背後悄悄走過。怕被發覺，離他最近的時候緊張得汗毛都立了起來。左俊昊抓緊著匆匆瞥了一眼，然後趕緊回自己座位，佯裝什麼都沒發生，手忙腳亂翻出書來掩飾。

離上課還有些時間，左想右想，左俊昊忍不住問：「陳讓，咳，你看手機看了一上午，都在看什麼啊？」

陳讓瞥他。

左俊昊喉嚨發緊，咽了咽，「就關心你……問一下。」

陳讓淡淡收回目光，「沒看什麼。」

手機也一併收了起來，擺明不想跟他聊。

問不出來，左俊昊只好悻悻作罷。之後一整節課，陳讓很平靜地凝神聽講，他卻一句都聽不進去。

下課鐘一響，立刻就起身，直奔季冰的教室。

季冰在和人閒聊，看左俊昊衝進來，懶懶地問：「你怎麼下來了？」

「走走走，跟我走。」左俊昊二話不說把他拉出去，扯到轉角。

「我給你看樣東西！」他急著翻出手機。

「你有病吧，大白天拉我來看片……」季冰以為他要看什麼，調侃罵他。

「滾！」左俊昊低咒，扯他過來，「看個屁的片，很嚴肅的東西。」

他打開論壇，飛快輸入名字，進了一個版面。版裡就一個文章，寫的內容像是日常，像是記錄，讓人看得有點不明所以。但大致上看來，似乎是一堆和暗戀有關的內容？

季冰皺眉：「什麼東西，神神祕祕的。」

「陳讓他今天一直在看這個！」

「……真的假的？」

「當然是真的，我騙你有錢花？」

季冰懷疑：「你怎麼知道？」

「我看到的。」左俊昊嘖聲，「問他一直看手機在幹嘛，他不說，還把手機拿開，我偷偷到他背後瞄到的！我記得清清楚楚，就是這個版，回覆的也是這個ＩＤ。」

從陳讓背後偷瞄的時候，瞄到幾層樓的內容，他看著就有點奇怪。

季冰一聽，和他頭湊頭認真研究起來。兩個人把文章看了一遍，透過回覆的蛛絲馬跡，很快得出一個結論。

「這個什麼我的甜心的ＩＤ……該不會是齊歡吧？」

左俊昊沒回答，但臉上的表情說的很明白，他也這麼認為。

「那這個文章裡的他，就都是陳讓——等等等等，搞錯了吧？這裡。」季冰指著，「『吃到了他做的飯』？誰？陳讓做飯？」

完全想像不了。

左俊昊將頁面拉到底下，「可這裡，『手鏈斷了也沒注意，要不是他拿給我，我還沒發現』，手鏈，陳讓是不是當著我們的面給齊歡手鏈了？這回覆裡提到手鏈，陳讓今天一天又都在看這個貼文，哪有那麼巧的事。」

季冰想到那讓他們嗆到咳嗽的場景，無法反駁。兩人對視，雙雙無言。陳讓這是……要談戀愛了？還是已經在談了？

對他們這幫朋友來說，這就是個爆炸消息！

「靠！」季冰靠住圍欄，揪了下頭髮，「我他媽還想，齊歡再追一段時間，陳讓繼續無動於衷，她差不多也該放棄了。這是什麼情況啊，難道他們兩個以為自己是地下組織接頭，背著我們默默發展偶像劇呢？」

左俊昊看文章看得頭都沒抬，手指在螢幕上，上移下扯，始終都停在同一個位置。半分多鐘，這處安靜的角落響起他的聲音。

「我覺得……」

「什麼？」

他抬眸，收了玩笑神色，正經看著季冰，「陳讓，是真的要栽在齊歡手裡了。」

陳讓今天一上午，看這個論壇看了多久？他在旁邊都注意到了。如果一點都不在意的話，還看什麼？尤其——

「她真的……」左俊昊嘆氣，「作為一個男的我必須說，齊歡她真的挺有一套。就這一天天的追求，面對陳讓這樣的也一點不氣餒，這程度換成是我，我肯定也撐不住……」

整論壇個版裡，最讓左俊昊記憶猶新的，是螢幕正中間，在數條瑣事碎碎念之上的某一層。

齊歡那個「我的小甜心」ＩＤ，寫了這麼一些話：

——其實最開始沒有多強烈的情緒，只是第一眼覺得他有點特別。那個時候我也沒想到自己會像現在這樣完全無法自拔。可能這就是別人說的，每一刻都有每一刻的緣法。那麼既然這樣也挺好。

十月八號，又是新的一天——今天的我也超級喜歡他。

※　※　※

全城突然進行設備檢查，一眾學校臨時取消當天除了高三外的晚自習。陳讓在福利社，齊歡晚出校門，慢一點到。

「晚上不用上課，要去看電影嗎？」她買了瓶水，直奔陳讓身邊。

他轉緊礦泉水瓶蓋，兩個字：「不去。」

「為什麼？」

「不喜歡。」

被拒絕，齊歡也不難受，反而說他：「你別這麼掃興嘛。」

陳讓不置可否，還是那個態度。

左俊昊和季冰一群人在外面聊天，時不時往裡看。齊歡和陳讓閒扯半天，圍繞著看電影這件事。聊了幾分鐘，敏學的人到齊，來這邊找她。陳讓他們是往另一個方向走的，兩邊不順路。

齊歡忙說：「晚上看電影哦，就這麼說定了。」

陳讓皺眉：「誰跟妳說定了。」

她自動過濾，嘿嘿笑，「六點四十城中心禾佳電影院門口，不見不散。」

說罷她拔腿就跑。小跑到店門口，她忽地停下，回頭加了句：「我等你啊。」

六點二十，齊歡到禾佳影院，買了六點四十的電影票。時間滴答走，她不急不慌，坐在大門外的長凳上靜候。面前是一片廣場，有住在這附近的人出來散步，大多是老人帶著小孩，玩遙控玩具，踩滑板車。

天漸黑，六點四十，齊歡從解悶的遊戲裡退出來。抬頭一看，在茫茫人海中，視線晃了一圈，便準確找到那道熟悉身影。

「陳讓！」她站起來對他揮手。

陳讓走得很慢，她笑吟吟跑過去，跑到他面前。

「我就知道你會來。」

他抿唇：「……我剛好路過。」

「……」齊歡挑眉，「是哦，這麼巧。你家和這裡不同方向，路過得有點近啊。」

陳讓沉著臉，垂眸看她。

她馬上認輸：「好好好不說了，來都來了，難得你路過一趟，我們去看電影。」

拽著他的衣袖，總算是把板著張死人臉的他拉進電影院。

齊歡選的不是什麼大熱片，又不是節假日，全場就四個人，除了他們，只有角落有兩個女生。

這種時候，當然得看愛情片，只是這片子劇情很一般。

齊歡買了爆米花和可樂，電影開始播放，坐下後不過十多分鐘，她就看得昏昏沉沉。角落的兩個女生受不了無趣劇情，罵了兩句，直接離場。影廳裡就剩他們，沒了顧忌，齊歡乾脆跟他聊天。

「你中午回家了，在家吃的飯？」

「嗯。」

「吃了什麼？」

「隨便炒的菜。」

她知道他會下廚，沒什麼好藏著的。

「是上次炒的那道？」齊歡問。

陳讓說是。

「那個啊，味道是很好。」她說，「就是有點美中不足……嘖，要是再辣一點就好了。」

他看著大螢幕，臉都不轉，淡淡道：「也不知道是誰說從沒吃過那麼好吃的菜。」

齊歡一噎。

「好吃是好吃啊，有點瑕疵又不妨礙它還是好吃的……」她換話題：「晚上想吃什麼？等等電影結束可以出去吃東西，你來之前應該沒來得及吃什麼？會餓的吧？我們……」

「嘖。」他終於轉頭看她，「妳能不能不這麼聒噪。」

她無奈，「電影不好看嘛……」

「是妳要來的。」

「我就想跟你待一會兒，誰知道這麼……」她瞥了眼螢幕，都找不到形容詞，嘀咕，「難怪整個廳裡都沒人。」

陳讓見她褪了高興的神色，滿臉懊惱，若有似無扯了下嘴角。

「我還以為，妳就喜歡這種類型的愛情片。」

「我才不喜歡。」

「是嗎？妳的智商，看起來像是很喜歡這種片子。」

「……」齊歡氣得噎住。

陳讓噙著笑，悠哉看著螢幕上的畫面。

齊歡抿了抿唇，沒動，就著側身姿勢一直看他。她不說話，在黑漆漆光線下看了他半分多鐘。

陳讓微微將視線移過來，「妳看我幹嘛？」

她別頭指了指正在播放的劇情，「你看了這麼久，知道那是什麼片子吧。」

他不置可否，挑眉。

——愛情片。

齊歡直勾勾盯著他，眼裡亮起光。

「這個片子啊，太糟糕了。根本都不是愛情。」她狡黠說。

下一秒，她突然傾身靠近他，閉眼將唇瓣覆上他的。黑暗的電影院裡，她和他雙唇相碰，呼吸輕輕纏在一起。

短短三秒就結束了這個吻。

故事怎麼演，沒人知道。她彎唇對他笑，將眼睛笑成月牙模樣，「這才是。」

——電影不是愛情，我們才是。

螢幕中畫面變幻，明滅光影時亮時暗，映在陳讓臉上。

他看著她。從被她親，到她說完話，數秒間他都沒說話。

「你……」齊歡緊張了。

陳讓的手搭腿上，拇指和食指搓捏了一下：「這場要是看鬼片，妳是不是也要當場弄死我配合氣氛。」

對於剛剛的吻，他反應平淡到幾近沒有反應。齊歡說不清是慶倖還是沮喪，大概都有。

「一時沒忍住。」脫口而出，自己也沒意識到這句等同情難自禁的話，聽起來有多曖昧。

陳讓沒再說話，抿嘴角，一言不發看向螢幕。亂七八糟的劇情還在演。

「陳讓。」她安靜半分鐘，叫他。

「幹嘛？」

「你那個──」

「說。」

她正面朝前，餘光偷瞄，咳了聲，「嘴唇挺軟的。」

陳讓眼皮一跳，「……閉嘴。」

從電影院出來，天澈底黑了，廣場上人影稀疏，消食散步的都回了家。齊歡拉著陳讓去吃東西，在影院附近找了家店坐下。她嗜辣，陳讓的喜好則偏清淡。吃完八點多，她半點沒有要回家的意思。陳讓耐著性子陪她壓馬路。途徑飲料店，是齊歡最喜歡光顧的那家的分店，在街邊，一個小小窗口，無店面無座，買完即走。

齊歡買了兩杯喝的，遞給陳讓，他不接。

「太甜。」他視線低下，掃一眼杯身圖案，皺眉。

「不喝啊？」她覺得可惜，「超好喝的。」

「我不要。」

齊歡不強迫他，把塑膠袋掛在手腕上，拿出一杯，吸管尖戳破塑膠封膜。

陳讓忽然說：「妳的形容詞總是用得這麼誇張嗎。」

「啊？」她一下子沒有聽懂，兩秒後理解過來，「誇張？我哪有。它真的超好喝啊，不好喝我也不會這樣說。我又不是什麼都這樣講。」

他聽著，不知在想什麼，沒繼續這個話題。

齊歡喝了一大口奶茶，甜得心情都好了。問他：「找地方玩啊？」

陳讓興致缺缺，「有什麼好玩的。」

她四處看，開始思考。半晌，眼睛一亮，「去那——」

她指著廣場斜對角的位置，有家撞球館。

陳讓不說好也不說不好，被拉著袖子走了半路，索性半推半就由她去。打撞球是陳讓和左俊昊他們日常消遣之一，有段時間幾乎天天晚上泡在撞球館。他去都是消磨時間，偶爾上場玩兩局，但從來沒跟女的一起來過。

齊歡要了一個小包廂，在二樓角落。開打前，她拿奶茶做賭注：「如果我贏，你要把那杯奶茶喝了啊。」

「要是妳輸？」

「那杯奶茶我喝。」

「……」

完全不知道意義何在的比賽，她喜歡甜，多喝一杯也沒什麼。

陳讓不置可否。

齊歡摩拳擦掌，給球杆上滑石粉有模有樣，讓他先。陳讓慢吞吞拿起杆，一副懶散無所謂的模樣。俯下身一起架勢，動作卻精準有力。球杆撞擊母球，「砰——」地一聲，拼成三角形的撞球紛紛被撞得散開。左上角進了一個球，入洞沉沉滾進網袋。他得分，連杆。第二杆卻沒進，角度差一點點。

輪到齊歡，她把杆拉到全滿，用了最大力氣。「砰——」地一下，動靜不小。聚在一起的幾顆球散開，往四處滾，有一顆滾進了網袋裡。

她直起腰，「這顆球滾得好快啊，我……」

臉上驚訝還沒褪，站在一旁的陳讓走過去，伸手把球從網袋裡拿出來。

「咦？我不是進了嗎？」

他看她，語氣無奈：「這個，是全色。」

「……」

全色、半色每人半數，他第一個進的是全色球，同色便是他的。

「不用幫我得分。」陳讓把杆立在地上，人比杆高得多，「重打。」

齊歡尷尬，「哦。」

重新來過，算是他讓她。她這次挑準半色球打，力氣用得足，可惜卻連球洞的邊都沒摸到。陳讓看著沒出什麼力，純粹玩玩的狀態，卻一杆接一杆的進。最後一個全色球入洞，黑8也進了指定洞，桌上的半色球還盡數存活，加上一顆母球，傻愣愣的模樣和齊歡相映相成。

「妳真的會打嗎。」陳讓再次把球杆撐在地上。

「之前打過一次，明明打的很準。」齊歡扯頭髮，「……雖然是電腦遊戲。」

陳讓：「……」

搞了半天，原來是個連真正的球杆都才第一次摸的選手。

陳讓放下杆，往沙發一坐，「妳練吧。」

「你不打啦？」

「虐菜沒意思。」

「……」

她技術太糟糕，一局暴露了水準，根本不好意思開口要他繼續陪自己玩。齊歡只能自己一個人圍著撞球桌轉來轉去。陳讓玩了會兒手機，起身拿了瓶礦泉水，擰開喝。

她在他對面，認認真真地練著，俯身瞄準球。猶豫半天沒下手，抬眸就見陳讓正看著自己：「怎麼了，我姿勢不對嗎？」

他淡淡看她，視線下移到她胸口，「衣服。」

齊歡低頭一看，猛地扯著領子站直，臉頰發熱——這種活動，應該要穿高領衣服的。

陳讓把水瓶擰緊，放下便朝她走過來。她微怔，一動不動。

「姿勢錯了。」

「什……」

他到她背後，覆上來，握住她的右手教她持杆，左手攬腰讓她調整站姿，然後握她的左手，教她在桌臺上擺出正確的手勢。齊歡整個人都僵了。頭皮發麻，皮膚每一寸都繃得緊緊的。

她被陳讓圈在懷裡，背貼著他的胸膛，手背能清楚感知他掌心和指腹的溫熱。

「像這樣。」

他的聲音就在耳邊，她連動都不敢動，距離近到她一轉頭，唇瓣就能擦過他的臉頰。

起杆要擊球，發現她心不在焉，陳讓瞥她，「妳在想什麼？」

「沒、沒想……」

他的氣息撩在耳畔，齊歡覺得耳朵都燒起來了，脖頸也跟著發熱，身上每一寸都不是自己能控制的，難受得想哭。

陳讓凝視她兩秒，眼裡閃過些微玩味，「妳該不會，在想些亂七八糟的東西？」

「我沒……」齊歡真的要撐不住了。

下一秒，他收了惡趣味，「專心。」

她哪裡專心得了，糟糕得根本什麼都不知道，手被他帶著動，這一球完全是他打出來的。球準確進洞，陳讓站直，「就這樣，自己試試。」

齊歡胡亂點頭。

他回到沙發，像每次和左俊昊他們出來活動一樣，玩起了手機遊戲。感受到視線，他抬眸，齊歡怔怔看著他。一剎那視線相接，她觸電一般立刻轉開，忙拿著杆繞撞球桌亂轉。

陳讓平靜斂眸。

他玩遊戲厲害，一上線就被一中線上的幾個拉進隊伍。才幾分鐘，開局大順，氣勢如虹殺得對方氣勢委靡了。局勢過半時，勝負基礎已定再沒懸念。螢幕下角的對話方塊跳出己方隊友的話：『讓哥感覺心情很好，打得很順，這一波大家跟著躺贏。』

齊歡練了好幾把，準頭還是不夠。陳讓沒興趣跟她玩，差不多時候便結束此次活動。踏出撞球館大門，齊歡動動肩膀，顧不上痠，先心疼起奶茶：「都涼了……」

陳讓睨一眼，「扔了吧。」

「別啊，多浪費。」她說，「願賭服輸，兩杯我都喝了。」

已經戳破的那杯裝在塑膠袋裡，掛在手腕上。她拿出那杯原本買給他的，持著吸管戳破。還沒送到嘴邊，陳讓伸手，從她手裡接過去。

「你幹嘛？」她微愣。

陳讓沒言語，略帶嫌棄嚐了一口，皺起眉，「甜的要死。」

「你不喜歡就別強迫自己……」

他撇嘴，很快適應那個味道，就那麼帶著淡淡的不爽喝起奶茶。喝了三分之一，他擰著眉，說：「勉強還行。」

「……」

真的假的？齊歡總覺得，他快甜到昏過去了。

並肩而行，齊歡拿出先前那杯奶茶，兩個人一人捧一杯，一時沒了聲音。路燈把他們的影子拉得很長，靠在一起，變成了一團。

「陳讓。」

「嗯。」

「很甜哦。」

「我知道。」

她低頭，咬了咬吸管，「我說的，不是奶茶。」

「……」

腳踩在地上，細小的砂礫和鞋底摩擦，沙沙作響。好安靜的夜晚街道，靜得連彼此呼吸，都能聽得到。

※　※　※

廣場西南方向，有一片消遣去處，兩條面對面的街上，全是諸如飲料店、電玩店、遊戲廳之類的地方。因為大多是學生去玩，久而久之就有了個別名——「學生街」。難得不用上晚自習，臨時放個假，左俊昊和季冰閒得發慌在壓馬路。先前打電話給陳讓，他說不出門。他們去網咖玩了一會兒，嫌無聊，便出來逛，打發時間。

走著走著，左俊昊突然說：「陳讓會不會跟齊歡在一起？」

「我哪知道。」季冰道，「可能吧。」

下午放學，齊歡在福利社和陳讓說的話，他們雖然站得遠，但聽到了一些。以前絕對不會有這樣的猜測，但自從發現了那個論壇……

「你說，陳讓那人，談起戀愛會是個什麼樣子？」左俊昊皺眉，「真有人能受得了他？」

「你問我、我問誰，我又沒跟陳讓談過。」

「……」

走過霜淇淋店，季冰突地停下腳，倒退回去：「要個香草。」

老闆在窗口應聲，下單。

「都變冷了，你還吃冰的。」左俊昊吐槽他，扭頭道，「我要抹茶味的。」

季冰懶得罵他。

兩人一手一個霜淇淋，沒走兩步，迎面走來一個人影。比他們矮得多，留著乖乖的齊肩短髮，懷裡抱著新買的書和本子，走路也是稍稍低頭的姿態。

季冰往旁邊讓了點，卻見左俊昊拿著霜淇淋就迎上去，故意往人家面前擋，「撞人了嘿——」

紀茉猛地抬頭，往後退。

左俊昊居高臨下看她，挺帥一張臉，噙著笑，薄唇勾起的弧度十分好看：「小妹妹，投懷送抱呢？」

季冰：「……」這傢伙明明是自己送上去的。

紀茉是出來買參考書的，平時只能抽空去逛書店，今天臨時不上晚自習，乾脆利用這個時間把預備要買的書都買齊了。碰上左俊昊，完全在意料之外。

「對不起。」抬眸後看清人，她低聲抱歉。當即就要提步繞過他。

左俊昊往旁邊邁，又擋過去：「先別走啊。」

她不得已停下，「有事？」

季冰不知道左俊昊要作什麼，懶得管他，站在旁邊默默做一個吃霜淇淋的圍觀群眾。

「你是齊歡的朋友對吧？那天我們在校門口福利社見過。」左俊昊說。

紀茉「嗯」了聲。

「這樣走路不行啊，好在今天撞到的是我，換成別人那就不好了。」

「……我下次會注意。」她又致歉，「對不起。」

左俊昊睨她。

在學校的時候，他碰見過她好幾次，文文柔柔沒什麼太引人注目的地方，但一低頭，就像現在這副模樣，看起來莫名就讓人覺得太好欺負了。好幾次他想著看在齊歡的面子上，打個招呼，怎麼樣也是齊歡托給他照看的人，可每次沒等他張嘴，她總是一刻也不停就走了。有的時候明明看到他，迎面相對，她也當他是空氣。

想一想，還真有點不爽。

「沒有事我就先走了。」

「哎，等等——」

紀茉被攔住，抿唇。

「這樣碰上也是緣分，既然是妳撞了我，趕早不如趕巧，我請妳吃個霜淇淋吧。」左俊昊隨口扯了個理由。她越是避他如蛇蠍，他越是想在她面前礙眼。

「……」季冰在店門屋簷下聽得一清二楚，白眼一翻，默默在心裡罵。

紀茉白皙的臉情緒輕淺，微微垂頭，瀏海擋住了眉眼間閃過的隱隱不耐。

「不用了。」她輕聲拒絕，語調平平，「我不喜歡吃。」

她拔腿就走，這次不給他攔路的機會，快步將他甩在身後。

季冰剛想上去吐槽左俊昊，這一齣怎麼看都像是當街耍流氓，還沒笑呢，就聽一道聲音響起：「茉茉？」

耳熟的女聲頓了頓，又接上，「……左俊昊、季冰？」

被點名的倆人回頭一看——齊歡和陳讓。

這可真巧了。

陳讓和齊歡，剛從廣場那邊閒逛過來。齊歡正和陳讓嘮叨說晚上不上課，竟然沒碰到幾個認識的學生。結果轉個彎，一下就遇見三個。

紀茉原本急著要走，被齊歡叫了聲，抬頭愣住，緊接著就被大力擁進懷裡。齊歡身上的味道是淡淡的，類似檸檬香味的那種，像曬過太陽，沁著暖意。她眉眼緩慢透出隱約的笑，還是輕輕柔柔的嗓音，齊歡問什麼，便答什麼。

那邊兩個女生說話，左俊昊和季冰也沒閒著。一看陳讓這賤人竟然真的跟齊歡在一塊，心裡齊齊暗啐。

「你不是說你不出門嗎？」左俊昊質問。

陳讓道：「你管那麼多。」

五個人才見過面，馬路斜對面忽然有兩個人指他們，說著什麼。定睛一看，熟人。

莊慕和嚴書龍單手撐著矮欄，縱身翻越，從那邊過來。他們先和齊歡說話，然後意思意思跟他們三個一中的打了個隨意的招呼。

季冰搭上左俊昊的肩，低聲吐槽：「這下全湊做一堆了。」

九點，對於他們這群野慣了的人來說，時間還早。在街上傻站著不像話，乾脆找了個飲料店一起坐下。

紀茉比較乖，平時很少出來玩，被齊歡拉去，還惦記門禁時間：「我十點半要回家。」

齊歡打包票：「行，時間到我準時送妳。」

飲料店總共三層樓，他們要了個中包廂，在頂樓，有個小天臺。七個人能玩什麼？算來算去只有打牌。一中三個坐一側，敏學三個坐一側，紀茉跟在齊歡身邊。

已經點了單，飲料製作需要時間，齊歡口渴，一邊摸牌一邊用手肘撞了撞莊慕，「我想喝水。」

旁邊小桌上有一托盤瓶裝飲料。

莊慕讓嚴書龍幫忙拿。嚴書龍拿了一瓶藍色的，也沒看是什麼。莊慕接到手裡，皺眉塞回去，「換一個，她不能喝。」含了酒精。

嚴書龍傾身，乾脆把整個托盤都端過來。齊歡自己挑了一瓶粉色的，其他人也紛紛伸手。

只有陳讓沒動。

齊歡拿了罐給他，「嗯。」

「不喝。」

她換了個。

「不要。」

頓了頓，齊歡第三次更換，遞到他面前。

陳讓手持牌，眼皮微抬，說：「不喝這個。」

齊歡還沒說話，莊慕沉著臉，奪了她手裡的飲料放回托盤，「他自己有長手。」

氣氛一時有些尷尬。左俊昊和季冰對視一眼，還有嚴書龍，都不知道該不該說話。

陳讓懶散地靠著椅背，視線移到齊歡臉上，「我不想喝碳酸飲料。」

齊歡動唇，正要開口，又聽他道：「碳酸飲料喝了會痛，妳剛剛把我嘴咬破了。」

「……」

在座的幾個人同時愣住了。

咬、咬破？好在沒有人喝水，不然肯定會把桌面噴得一片狼藉。

莊慕最先回過神來，臉色一暗。紀茉收了停在齊歡臉上的視線，斂眸。其餘三個你看我、我看你。

齊歡傻眼。

咬破？什麼時候的事？？明明在電影院裡，她只是輕輕碰了一下他的嘴唇……而已。

五花八門的反應盡收眼底。陳讓一派平靜，悠悠收了視線。

「季冰。」

「啊？」

「該你出牌。」

季冰反應過來，連忙甩了張牌出去。尷尬地繼續打牌。

經過剛才的驚嚇，一群人就算回過神來，一局內卻沒人再開口。打了幾盤，氣氛總算回溫，只是大家都心照不宣，沒人提剛剛那個驚雷。小吃陸續上桌，牌局暫停。陳讓沒點吃的，起身去廁所抽菸。

齊歡跟過去。敲三下門，進去，「咳……你不尿尿吧？」

陳讓就在鏡子對面。他倚著牆站，手指夾著菸，側頭瞥她：「妳要看？」

「……」

齊歡反手把門關上。沒走太近，她站在那，看了他半天。

「我什麼時候咬破你嘴唇了？」她問出口。

「破在裡面妳也看不見。」

鬼話。

難道她親他一口還成了隔山打牛，啵一下能把裡面弄破了。他說這話，分明是故意的。

齊歡較上勁了：「……好啊。那我下次注意囉。」

她睨他：「下次親你，我一定小心點，絕對不會再把你嘴咬破。」

「……」

他一頓。咬著菸，瞇了瞇眼。

見他被噎到一回，齊歡心裡總算是痛快了。沒等陳讓說什麼，門被推開。齊歡讓了兩步，差點被門撞到。

「你們……」左俊昊一抬眼，有點怔，「在幹嘛啊？」

問完覺得不妥，該不會打擾什麼好事了吧？心裡緊張，然而一看他倆站得挺遠，他鬆了口氣，放下心來。

「沒事，你們聊。」齊歡咳了聲，馬上出去。

左俊昊想喊她沒喊住，心裡一片我操。聊個屁啊，他跟陳讓在廁所有什麼好聊的……

陳讓瞥他，一言未發，掐了菸扔進垃圾桶，也出去了。

包廂內一群人坐著邊吃邊聊。

嚴書龍忽然說：「哇靠，論壇裡吵起來了。」

「什麼論壇？」從廁所回來的左俊昊一聽，下意識瞄了齊歡一眼。

「敏學和一中學校論壇。兩波人互相發文，對嗆。」

莊慕皺眉：「吵什麼？」

「不知道，好像是有什麼糾紛吧。」

看了會兒，他道：「靠，這麼多人圍觀。見過的沒見過的ＩＤ都來了……喲，職高論壇十級，三中論壇九級，十二中十一級……這麼多外校的都來湊熱鬧。」

齊歡伸手：「我看看。」

嚴書龍把手機給她。看了幾眼，皺起的眉頭慢慢放下。還以為什麼大事。比想像中好多了，都是打嘴炮，無關痛癢，也沒有太過火。不過是兩方學校，這個學期做鄰居離的太近，彼此又看不順眼，現實中你不理我、我不理你，憋著的不服全留到網路上了。

「現在這些人，個個都是嘴炮一流的選手。」齊歡把手機還給他。

一中的學生裡，常玩論壇的，都是比較不那麼「書呆子」的人。況且還有藝術生及贊助生，刷論壇互嗆的本事也不賴。

嚴書龍隔一分鐘刷新一次，看熱鬧。

「靠杯，這一中的哥們開新樓，說——『你們敏學的人這麼屌，敢不敢來一中操場喊敏學最強、一中全是垃圾』？來試試看能不能平安出去囉。」

他念了遍，抬頭問對面幾個活的一中人：「要是真去你們學校操場喊這句話，會怎麼樣？」

左俊昊笑說：「反正我肯定是不動手打你，看在齊歡的面子上。」

嚴書龍「嘖」了兩聲。他專注看論壇，其他人閒聊。

沒多久，他正端起杯子喝飲料，忽地一口全都噴了出來：「噗——」

「靠杯！」遭殃的莊慕猛地蹦開。

「哈哈哈哈哈哈——」嚴書龍抽紙抹嘴，笑得上氣不接下氣，「這文……」

他把手機扔到桌上，給眾人看。

一中的人去敏學論壇開挑釁文後，敏學的人也不甘示弱，去一中發了一個類似的挑釁文——

『你們一中的人這麼屌，敢不敢來敏學操場喊「齊歡，陳讓是個傻子」？來試試看我們歡姐會不會讓你豎著進來，橫著出去囉！』

「……」

一群人，除了陳讓，全都看向齊歡。

齊歡臉一紅，咬牙：「這哪個傻子，跑到別人學校論壇得意什麼啊！」

嚴書龍笑得停不下來。

齊歡問：「那文是誰發的？」怎麼這麼蠢。

「我看看……」嚴書龍瞧了眼，發現是認識的，「六班的鄭嘯。」

齊歡一聽，忍不住想翻白眼。

鄭嘯和張友玉同班，這兩人都喜歡給她找事，十足十的活寶。尤其鄭嘯，每次守校門，他都要幫齊歡增添工作量。上個學期某天，他染了一頭藍毛來學校，差點把齊歡氣死。齊歡當時恨不得把他踢到河裡去，咬牙訓他：「你們平時偷偷摸摸染幾根黃的就算了，睜一隻眼、閉一隻眼也就過去了，現在搞這一頭藍色是怕別人看不出來，想閃瞎誰？你要氣死校長是不是！」

齊歡沒罵錯。鄭嘯的頭髮被校長看見以後，校長把他抓到辦公室罵了一天，連課都沒讓他上。第二天早上進校門，齊歡見他頭髮變回黑色，剛生出一絲欣慰。誰知道才誇了一句，鄭嘯就興沖沖把兩邊頭髮撩起來——

「歡姐妳看妳看！我把藍色都留在下面了，頭髮一蓋根本看不出來！我昨天聽妳說才想到這個辦法，聰明吧！」

當場把齊歡氣得無語。

一聽發文的是他，齊歡真是連氣都懶得生了。

「又是鄭嘯，他能不能不搗亂？」擺手趕緊讓嚴書龍打電話給他。

左俊昊樂滋滋，說：「別啊，那文挺不錯的，留著威懾威懾他們也好……」

話音剛落，感受到一道視線，他一滯。

以為是陳讓，看過去，人根本連個餘光都沒給他——是紀茉。

視線對上，她先移開了。

齊歡發話了，嚴書龍當即傳訊息給鄭嘯：『兄弟，你別再玩了。當心糾察隊明日起只守你一個人。』

怎麼看怎麼幸災樂禍。

論壇的事暫時跳過，幾個人聊起別的話題。

沒幾分鐘，看論壇的嚴書龍又說：「這怎麼還沒停。」

「文還在開，留言還在刷？」

「不是。是之前那個文章，有好多新回覆。樓蓋得可高了。」嚴書龍說，「就那個敢不敢去敏學喊話的那篇。」

到敏學發文問敢不敢來一中喊話的那位，跟跑去一中發文的鄭嘯對嗆。

回文說：『陳讓是我們一中的人，關你們屁事。』

鄭嘯不甘示弱，回他：『陳讓被齊歡看上了，憑什麼不能提。』

一群八卦群眾，圍著兩人不停留言。

因為是在一中論壇，下面回覆的多是一中的人，紛紛幫腔：『被敏學的人看上了就是敏學的人了啊？太霸道了吧，你們問過陳讓了嗎？』

還有很多人說：『一中喜歡陳讓的人可多了，比齊歡更喜歡陳讓的也不是沒有，你們敏學的得意什麼，話別說的太滿。』

亂七八糟瞎起鬨的，什麼都有，還有膽大的趁機對陳讓表白。

嚴書龍問齊歡：「歡姐，有什麼感想？」

齊歡扯嘴角笑，一派淡定：「一群人上蹦下跳，當心別被老師逮了。論壇不止學生在看。我是不怕，其他人自己看看自己幾斤幾兩。」

見她沒放在心上，沒得熱鬧好瞧，嚴書龍收了手機，其他人也不再聊這個。

吵吵鬧鬧玩了半晚上，外頭天黑，星星開始冒頭。廁所被占，陳讓去陽臺抽菸。齊歡坐著無聊，出去找他說話。煙氣氤氳，從他指間繚繞飄起，她胡亂扯話題，他隨口應，有一搭、沒一搭說著。聊著聊著，她話鋒一轉說起論壇。

「剛剛那發文大戰，挺好笑的。」

陳讓說：「妳倒是一點都不覺得不自在。」

「沒什麼好不自在的。」她道，「不過，有一點讓我很不爽。」

「比如？」

「其實我以前根本不知道你。」齊歡沒答，反倒說起無關的話題，「雖然你的成績比我厲害，去年高一下學期全城模擬考還贏了我。」

在敏學搬到他們學校旁邊之前，高一一整年，她根本不知道陳讓是誰。

她問：「你知道為什麼嗎？」

「不知道。」陳讓應得平淡，聽她說。

「我雖然死皮賴臉，很厚臉皮，天天纏著你，我自己也知道。但是啊，我這個人。」她頓了下，笑，「我根本不在意別人優不優秀，我只要知道自己很優秀就夠了。一直都是這樣。」

「我覺得自己超棒的。」她說：「所以哪怕你比我厲害，以前我是真的對你一點了解都沒有，從來沒有關注過。」

同在禾城，中學圈子其實就那麼大，小學畢業升國中，國中畢業升高中，人流轉來去，或多或少都認識。

她齊歡，天生驕傲，不是誰都能看進眼裡。

這個學期是個意外。而陳讓，是個例外。

「妳說這麼多，跟論壇有什麼關係。」陳讓出聲。

「當然有關啊。」齊歡說：「就像我對別人優不優秀沒興趣，別人喜不喜歡你，我同樣沒興趣。

但是——」

「那些人說比我喜歡你的人很多，這一點我就不能忍了。」

「……」陳讓皺了下眉，「妳看論壇就只記得這些？」

齊歡反問：「不然還要記得什麼？」

她忽地扯住他的衣袖，叮囑：「你記住了哦，她們光會說，又不敢到我面前來比。都是假的。」

帶著焦灼的認真語氣，這種別人都不會放在心上的無關緊要的閒話，她反而很認真計較起來。那張臉，白盈盈月光照映下，莫名讓人有些恍神。

陳讓眼神閃了一瞬。

「要是有人拿這個騙你，你可千萬不能上當。」她靠近一點，又扯了扯他的袖子。

陳讓皺眉，但沒掙開她的手。

「要記住，記住。」她揪著他的袖子不放。

「妳很囉嗦。」陳讓別開頭，看向別處。

下一秒，他撇了下嘴角，說：「……知道了。」

齊歡頓了好久。而後，那雙眼睛裡，盛滿的皎白月光，絲縷喜悅，因他簡簡單單的這三個字，就那麼一下子，全都欣然蕩開。

※　※　※

週四傍晚，晚自習之前的空閒，齊歡翻牆溜進一中去廣播室找陳讓。陳讓在桌後看書，齊歡扯了把椅子，在他旁邊坐下。

「妳又來幹什麼？」他翻頁，沒抬眼。

「無聊嘛。他們都出去吃飯了還沒回來，我一個人在教室寫作業……我還想你會不會不在，沒想到雷打不動啊。」

他沒出聲。

齊歡從口袋掏出一張折疊的考卷，指著一道題目給他看，「這題我解得怎麼樣，剛剛做的。」

他看完，三個字：「一般吧。」

「這還一般，解得很好了。」她不服。

停了停，她問：「我傳訊息給你，你為什麼不回啊。」

「我沒看。」

陳讓說著，拿出手機。有一則未讀的訊息，是二十分鐘前她傳來的。

『那家意樂麵包店的東西你吃過沒有？』

「沒吃過。」他當場答，「問這個幹什麼？」

「就是，我想告訴你，它家的東西好難吃，你千萬別吃。我晚上吃了個它家的麵包，差點吐了。」

「……」

「你幹嘛不說話？」

「我要說什麼？」

「好吧。」齊歡無奈，「我就是跟你說一下，別嫌我煩。」

吃到難吃的東西，想告訴他。解了一道了不起的題目，想講給他聽。一點點小事，都要拿來跟他說，跟他分享。她好像總是這樣。

陳讓看著書裡整齊排列的字，持著紙頁邊緣，手指不自覺用力捏了捏。

齊歡碎碎叨叨扯閒話，陳讓慢慢斂了神思，目光落到她嘴上，「……妳喝了油？」

「什麼跟什麼，這是唇膏！」齊歡瞪眼，強調，「很香的，怎麼會是油，完全不一樣好不好。」

他「喔」了聲，收回目光。

齊歡看他幾秒，忽然用指尖戳他。

陳讓道：「幹嘛？」

「要不要嚐嚐？」她挑眉，非常不要臉地對他撅嘴。

陳讓還沒說話，外面突然傳來腳步聲。齊歡一愣，之前的陰影浮上來，下意識就地蹲下，往他腿邊縮。

「有人在？」推門而入的是兩個值日生。

一看陳讓坐在桌後，兩個值日生反應不同，都認識陳讓，但其中一個明顯是高一的，沒什麼經驗，「這位同學，離廣播站開播還有十五分鐘，你是廣播站的也不能坐在這裡……」

陳讓轉著筆：「你去問問教務主任，我能不能坐在這。」

另一個值日生是高二的，從開門之後，急得只想快點走。陳讓常年穩坐年級第一寶座，每到各個學校比賽的時候，他就是一中的招牌，拎出來是力壓各學校頂尖學生的存在，給校長臉上添了多少光彩。

使用廣播室的權利，毋庸置疑，當然是有的。

高一的學弟還想和陳讓說什麼，那位老油條繃著背，走進來隨便繞了一圈打算走完過場，趕緊撤。不想，要出來時驀地瞥見陳讓腳邊蹲著一團人影，手還扯著陳讓膝蓋的褲子。陳讓一個眼神掃來，黑漆漆的眼睛，讓人背脊發涼。

老油條一個顫慄，快步出去，使出吃奶的力氣扯學弟：「走、走吧！沒什麼問題，不用看了我都檢查過了！」

高一學弟被同組的值日生拽著走得飛快，走過轉角，走出好遠，才掙開他的手，「你拉我幹什麼？還沒檢查完……」

老油條憋了一肚子氣：「你腦子有洞啊？陳讓要待在廣播室就待，老師都不管，你說那麼多幹嘛！」

學弟微愣，「可以這樣？」

「你沒聽過陳讓的名字？」

「聽過，但是我不知道……」

老油條皺眉，「反正就記住，他的事別去管就是了。他們那些人都不是好惹的。」

學弟似懂非懂。

老油條斜他一眼：「而且，你知道剛才廣播室裡還有誰？」

「還有別人？」

「隔壁學校那個齊歡在裡面！就蹲在陳讓腿邊！」老油條白他，氣得嘆了聲。

「齊歡……」學弟有點傻了，「我聽過一點。但是她不是隔壁的嘛，為什麼會在……她和陳讓在裡面……」

「鬼知道！」老油條扯他，「小聲點……」

一陣風吹過，一中的角落，從傍晚開始，熱鬧的小道消息不知從何而起，吹遍了各個年級。

從「值日的看到隔壁齊歡在廣播室裡，和陳讓一起」，到「有人看到陳讓和隔壁齊歡在廣播室約會」，再到「聽說陳讓和敏學的齊歡在廣播室待了很久，被別人看到了」，繼而又是「聽說陳讓和齊歡在廣播室接吻被看到了！哪個廣播室？就是我們學校廣播室！」……

直至最後，當晚自習第二堂課間，嚴書龍拿著手機來找齊歡，給她看兩校論壇裡傳的消息時，毫無根據的八卦已經演變成了——

『聽說下午陳讓和齊歡在一中廣播室接吻！齊歡坐在陳讓腿上，兩個人抱著親了很久，被人看到了！至少有半個小時！』

「……」齊歡臉都綠了。

這些人八卦的程度，實在讓人無語。論壇上討論得越來越熱鬧，齊歡的臉也越來越綠，都不知道該說什麼好。

一中的人散播小道消息，敏學的也不讓她好過，一個個跟著起鬨，直看得她想一個個去他們班上掐死他們。可惜想掐死的人太多，忙都忙不過來。除了嚴書龍，還有一堆人膽子特別大，跑到她面前問。她好不容易趕跑，躲到廁所傳訊息給陳讓，兩個人一來一往。

『你看到了嗎？』

『什麼？』

『就論壇裡的……』

『嗯。』

『怎麼辦……』

『什麼怎麼辦。』

『就這樣讓它繼續？』

『不然妳還想怎麼樣。』

齊歡糾結幾秒，問：『真的不用解釋一下？』

他的語氣還是一如既往的不在意：『妳想怎麼解釋，拿喇叭廣播？』

確實，不太可能。特地跑去發文的話，只會讓人覺得此地無銀三百兩。

齊歡惆悵，發了句：『搞成這樣，要被人議論好久了。』

沒再等他回，她板著臉回教室，一路上收穫了一大堆注視。那些看了貼文的吃瓜群眾，臉上彷彿都寫著那句話。那句，被鄭嘯那個看熱鬧不嫌事大，回覆在爆料貼文裡，收穫了一堆跟評的神來之句——『看！我們歡姐多厲害，陳讓再厲害，歡姐親他一親就是半個小時，他敢有脾氣嗎！』

一中，高二八班。

陳讓身邊的情況還好，議論的人只敢在私下議論，到他面前一個個都成了沒嘴的葫蘆。

但也還有敢於送死的，比如左俊昊和季冰。他倆圍在左俊昊課桌邊，狀似聊天，每一句都把話往那邊帶，故意說給陳讓聽。

左俊昊起了個頭：「夏天的時候，天氣很熱，七、八月游泳池人特別多，擠得跟沙丁魚罐頭一樣。」

季冰很上道，當即接話：「是是，我跟我家親戚換了好幾家游泳池才找到環境好的。我們還在水裡比潛水憋氣。你都不知道，我堂哥特厲害，在水裡潛了有快好幾分鐘吧。」

「這種的我不行，在水下待一會兒就受不了。我爸媽去年去馬爾地夫旅遊，玩潛水，戴上氧氣裝置可以在水下，至少……」左俊昊悄悄瞥陳讓，加重了語調，「至少半個小時！」

詭異地安靜了一秒。

左俊昊轉頭問，狀似無意問：「陳讓，你有沒有潛水過？」

「有話就說，少拐彎抹角。」陳讓把筆一擱，抬眸，視線從習題本移到他們臉上。

季冰和左俊昊對視，彼此都讀懂了對方眼裡的深意。

「就是、那個，潛水蠻辛苦的，半個小時……」

陳讓冷冷掃他。

左俊昊咳了聲，乾脆道：「聽說你跟齊歡親了半個小時，真的假的？」

季冰發表意見：「半個小時應該不大可能。」

「我也覺得，但是……」

兩個人互遞眼神，最後齊齊對準陳讓。

陳讓沒說話。

他們追問：「到底親了沒？」

「你……」

等了半天，陳讓一個字都沒說。

本以為陳讓不會回答，左俊昊正要開口。忽見他闔上書，起身離開座位之前，扔下一句：「親了又怎麼樣？沒親又怎麼樣？」

「……」

剩下的兩人愣了，等陳讓走出教室才雙雙回神。

「他剛剛那個句，是該聽前半句，還是後半句？」左俊昊傻了。

季冰也懵懂著：「一般是……聽前半句吧……」

——親了，又怎麼樣。

第六章　信任

在別人的八卦議論中，讀書的日子飛快過去。秋天一路向著初冬狂奔，第三次月考來臨之際，齊歡開始思考怎麼才能比較自然地以複習的名義把陳讓約出來。

前兩次月考，兩校考的是兩個不同卷子，一中高二階段第一是陳讓無疑，齊歡也依舊蟬聯敏學高二榜首寶座。要是做同份題目，就不知道誰的分數會更高了。

在心裡打了數遍腹稿，確定理由沒問題，齊歡先打電話，找左俊昊旁敲側擊打聽了一下他們有沒有活動。

左俊昊一聽，說：「這週啊，陳讓請了三天假，要到週日下午才回來。」

「請假？」

「是啊，週五開始請。」

「他請假做什麼？」齊歡一點都不知道，有點茫然。

左俊昊說：「去他爺爺那。在瑞城，待三天吧。」

禾城到瑞城要坐四個小時的巴士。

「他爺爺？」齊歡忍不住想問更多，但又不知道怎麼開口，最後變成嘆氣，「我都沒聽他說過……」

左俊昊道：「他也很少跟我們提這些，只是高一的時候偶爾會請假去他爺爺那，當時問過幾句，他隨便答的。其實我們知道的也不多。」

齊歡問：「你見過他爺爺嗎？」

左俊昊說沒有，「我和季冰都沒見過他家裡人。就，只知道他們家，好像他爺爺、奶奶一直住在其他地方，他小學的時候，他爸爸幫他爺爺打理工廠還是什麼到這裡來的，後來就一直在這。」

齊歡聽得發愣。再問更多，左俊昊也不知道，道過謝便掛了電話。

半個小時後她傳訊息給陳讓：『這週末你有時間嗎，去圖書館或者安靜的地方，馬上月考了，一起複習？』

發完，一直盯著手機。

三分鐘過去，他回消息：『這週我沒空。』

意料之中的回答。有一點失落，但也還好。齊歡捧著手機，過了一會回他：『好。那算啦。』

把手機放到一邊，她正要去倒杯水喝，桌上的手機又震了震。過去一看，多了一則來自陳讓的新訊息。

『週日下午，三點半，地方妳定。』

原本說去圖書館，但齊歡想了想，覺得自己和陳讓待在一起，肯定忍不住不說話。吵到別的看書的人不太好，於是三點半在城中心廣場和陳讓見面，去旁邊街上飲料店要了一個樓頂的小包廂。面對面分坐包廂座位兩邊，齊歡把參考書和習題本擺出來，鋪了半張桌子。

陳讓等她把背包掏空，才說：「第一本、第三本、第六本，做了也沒多大用處，可以賣廢紙。」

「好！明天就賣掉。」齊歡連半個字都沒有質疑，直接把那幾本挑出來，放到旁邊。

兩人安靜無言寫題目。齊歡一手橫枕在桌上，寫著寫著，人就趴到了桌上，眼睛離書本近到不行。

屋裡只有唰唰寫字聲。額頭突然被戳了一下。她一頓，停了奮筆疾書的手。

陳讓用筆頂端抵在她頭上，低下視線，黑沉沉眼裡滿是不贊同，「坐直。」

下一秒，他收了筆繼續寫。

「哦……」她緩緩直起腰，被他突然的舉動，弄得怔愣好半天，才提筆接上前面的解題算式。

五點過半，複習得差不多。齊歡點單，照舊喝奶茶，還要了些吃的，陳讓只要了一杯加檸檬的白開水。

闔上書本，等東西上桌的空檔，她邀陳讓玩遊戲，被他拒絕。

「玩啦。」

「不玩。」

「玩嘛。」

「不玩。」

「玩啊。」

「……」

她很有興致：「來比賽啊，單挑一對一。」

陳讓道：「跟妳？」

她說：「你別看不起我，這段時間我玩了很多次，已經不是菜鳥了。」

陳讓不想評價她的自信。

齊歡已經打開手機登錄遊戲，點開好友列表，還批評他：「你這個名字怎麼看怎麼不舒服。」

他的ＩＤ大概是他隨手打的，一串沒什麼意義的英文字母。

陳讓反擊：「妳也沒好到哪去。」

她的ＩＤ是一串「哈哈哈哈哈哈」，看起來像是在笑，同樣不怎麼樣。

「來一局，輸的人讓贏的改名字，想改什麼都可以。」齊歡說，「正好我昨天買了一堆改名卡還沒用。」

陳讓未置可否，把筆夾在書頁中間，闔上書。

齊歡見他拿出手機，不多時傳來登錄的音效，笑了下。她從座位跑到他旁邊，和他並排坐，雀躍地催：「快，快！」

進入一對一單挑模式，她向陳讓發出挑戰。兩人並排，中間隔著點距離，但隨著遊戲裡兩個角色互相對砍，齊歡捧著手機眉頭緊擰，被砍一下就眉頭猛跳往他身邊靠一點，挨得刀越多，越靠他越近，距離越來越小。十分鐘不到，被擊敗的聲音響起，齊歡看著自己的人物倒下，牙疼般嘶了聲。

陳讓放下手機，側頭。齊歡對上他的視線，頭稍稍揚起一點，「你贏了。」

「我知道。但問題是……」他說，視線落在她和他中間的空隙，「妳離得太近了。」

她都快貼到他身上。

齊歡低頭一看，「喔」了聲，乖乖往旁邊挪。她把手機給他，「願賭服輸，改名卡在背包裡，你自己找。」

回到對面位置，她枕著手臂趴在桌上。

陳讓看她幾眼，把她的手機推回去。

「不改？」陳讓說：「沒興趣。」

齊歡嘀咕：「你這小老頭真無趣。」

忽地，他點開手機螢幕光，輕輕扔到她面前。

「幹嘛？」

「改吧。」

「啊？」

陳讓抿唇，「不改就算了。」

他伸手要拿回手機，齊歡反應過來，眼疾手快把他的手機奪過來。畫面是在遊戲裡，還沒退出。

「那我真的改了？」她試探地問。

「廢話那麼多。」

「……」她瞥他，見他是真的沒在開玩笑，立刻用自己的角色送張改名卡給他，二話不說弄了起來。

齊歡改完把他的遊戲退了，才還給他，叮囑：「你先別看，回去再看！」

晚上，左俊昊和季冰呼朋引伴，邀了一群人打遊戲，正聊著怎麼分組，叮咚一聲，好友上線提醒，齊歡加入了隊伍。

『超級無敵霹靂歡：嗨。』

左俊昊打招呼：『喲，改ＩＤ了，不錯，很霸氣。』

她發了個笑的表情。其他人回了幾句，正聊著，又是一聲叮咚。

「噗——」坐在床上的左俊昊端著杯子正喝水，猛地一下把水噴在棉被上，邊咳邊手忙腳亂抽面紙擦。

隊內公共頻道裡，死一般的沉寂。

那個一向安靜、話少、風格冷淡但操作精準，和帳號主人如出一轍的角色，備註「陳讓」之後的括弧裡，ＩＤ名稱變成了——『超級霹靂無敵讓』

「……」

「……」

「……」

好半天，隊內頻道出現一條語音。

有個隊友弱弱地問：『讓、讓哥，你是被盜號了嗎……』

左俊昊默默擦乾淨下巴，看著那兩個成對的ＩＤ名，眼睛真他媽疼。

再看隊友的發問，只想說一句：朋友，你太年輕了。

——你讓哥哪是被盜號，你讓哥分明是被偷了心。

※　※　※

第三次月考，齊歡依舊穩定發揮，不出所料，名字出現在之後公佈的紅榜榜首：年級第一。在她分數的襯托對比下，高一和高三的第一，成績看起來就沒那麼亮眼，到重點學校，或許只能勉強搭上優秀的末班車。

一中學生看不起敏學，但其實，敏學並沒有爛到那個的地步。敏學的風氣其實算是私立學校中比較好的，禾城周邊幾個地區，有錢富二代彙聚的私立中學那才叫亂。而在敏學，以齊歡為主最顯眼的一群人，哪怕闖禍，也都把握在分寸之內。加上齊歡的束縛和帶頭，真正的惡事，細究起來他們真沒怎麼幹過。可以說，他們算是私立學校裡非常特殊的一群。

當然，齊歡的成績一點都不弱，不僅不弱，放到整個禾城的中學裡，都很有競爭力。

成績出來後，各科老師輪番找她，結尾不外乎都提前談了談高二學年還沒到來的全城模擬考。齊歡被叮囑一番，虛心受教。

只是從辦公樓出來，臉上的正經模樣一收，轉個彎就繞到了紅榜前——先拍一張給陳讓。她在照片後，跟著傳了則訊息，毫不害臊地自誇：『齊歡真厲害！』

訊息發出去，沒想他馬上回覆，畢竟還在上課時間。齊歡收了手機回教室。

嚴書龍跑來，閒聊兩句，目光一轉，「莊慕呢？」

「不在？」齊歡聞聲回頭看斜後方，莊慕的位置上沒人。

「可能出去了吧。」她說。沒太放在心上。

嚴書龍摸了下後腦勺，「他最近老是一個人獨來獨往。」

「一個人？」齊歡抬頭。

「是啊。我們出去玩，喊他，他都拒絕了好幾次了。」嚴書龍搞不懂，嘖聲，「可能是學妳，妳不也老是不來嗎。」

一到週末，或是不用上課的空檔，齊歡就和陳讓在一塊。十次找她玩，有一半是她不出門，一半就是約了陳讓。確實挺久沒和他們一起玩了，但平時在學校見面，下課時湊在一起，中午或晚上也常常一起吃飯，不仔細想感覺不太明顯。

「有問他嗎，是不是有什麼事？」她問。

「不知道。」嚴書龍說，「反正每次叫他玩，他就說沒心情不想去。」

正說著，莊慕從前門進來。齊歡和嚴書龍朝他看去。

「去哪了？」嚴書龍問。

「福利社。」莊慕看起來有些沉悶。

齊歡覺得他心情不好，「你怎麼了？」

他看著她一陣子，最後只是把手裡沒拆蓋的礦泉水放到她桌上，「沒事。」

陳讓又在看訊息。

左俊昊瞄一眼，大著膽子打趣：「齊歡傳的？」

他沒回應，算是默認。

左俊昊一邊翻書，哼歌的節奏中夾雜幾句嘖聲，卻見陳讓收了手機沒回，「不回人家訊息？不好吧。」

陳讓側眸。

「好好好，當我沒說，你愛什麼時候回什麼時候回。」他趕緊求饒。

他可不敢再說什麼越界的，那天玩遊戲，陳讓那個讓人眼睛疼的ＩＤ，他可還記憶猶新。不止他，包括季冰，還有其它所有一起玩的兄弟，通通都受到不小的驚嚇。左俊昊心裡嘀咕著，聽陳讓口袋裡嗡嗡震了兩聲。他們座位同在最後一排，中間隔著走道，聽得還算清楚。

本想又是齊歡，正默默吐槽這妹妹真是一刻也不得閒，瞥見陳讓的臉色，頓了一下。

不知道是什麼內容。但陳讓眉間極短地蹙了一剎，儘管很快展平，左俊昊還是看到他眼裡閃過的暗沉。

「什麼東西，有情況？」左俊昊想過去。

沒等他伸頭瞧，陳讓一臉平平，把手機放回口袋，「沒什麼。」

中午放學，三人一起走，左俊昊扯著季冰放慢腳，刻意落在陳讓後面。

「幹嘛？」季冰問。

「陳讓可能心情不是很好。」左俊昊很仗義地拍他肩膀，「注意點。」

話才剛說完，兩人走了幾步就見陳讓停下，似是在等他們，心臟登時一跳。

左俊昊咽了一口口水，心還沒提起來，陳讓道：「你們先走。」

他一愣，「啊？你幹嘛？」

「忘了放東西在教室。」

學校裡人走得差不多了，操場上沒幾個人影，並不毒辣的太陽正當頭。

被左俊昊大驚小怪叮囑過的季冰鬆了口氣，「那我們外面等你。」

陳讓點頭。

兩個人你推我擠，邊鬥嘴邊出了校門。路過正門口的花壇，紅榜就立在花壇前。左俊昊指了指，感嘆：「你看，陳讓那名字真是惹眼。又是第一。」

季冰笑：「他不第一才奇怪了。」

「是啊。但就陳讓那脾氣，捉摸不透，換別人多多少少都會有點高興吧？好歹是第一呢，還是在一中。他倒好，哪次發紅榜正眼瞧過。」和紅榜木板錯身而過，左俊昊搖了下頭，「我就沒見他在紅榜前站過。這人囂張的，太他媽欠了！」

左俊昊和季冰的身影在校門外遠去。

陳讓在操場上站了會兒，卻沒回教學大樓。他提步，走向紅榜，站定。

只等了幾分鐘左右，在福利社閒坐的左俊昊和季冰就等到了陳讓。

「你忘什麼了？」季冰問。

陳讓隨意道，「在口袋裡。」

沒多說，三人一起出了福利社。

※　※　※

在外半個月的齊參終於回家，中午讓司機去敏學附近路口接齊歡。齊歡進家門，鞋甩得毫無章法，跑得飛快。

父女倆在客廳說話。齊歡盤腿坐在沙發上，一邊拆包裝盒，一邊跟著碎碎念。他忙，忙得總是不回家，齊歡對此習慣，但又不免失落。可每逢他歸家，多餘的話又說不出來了，除了記掛擔心，再無其它。

「你又瘦了！在外面都吃什麼啊？」

「看看，臉色這麼差，讓你別抽菸你不聽吧。」

「爸，你看你的眼袋，怎麼這麼重？不行不行我得幫你買男性專用保養品……」

齊歡一個勁抱怨，左看右看都不滿意，包裝盒拆到一半就丟到旁邊。

齊參笑呵呵一一應了，抬手摸她的頭頂：「我不在家，妳跟媽媽沒有鬧彆扭吧？」

「……」一句話，吵吵鬧鬧的齊歡瞬間安靜下來，抿唇不語。

他老生常談：「妳媽媽就是那個脾氣，妳讓著她點，有什麼事跟爸說，別老是和她當面吵，她懷妳的時候很辛苦……」

「知道了、知道了。」齊歡拿開他的手，板著臉起身走人，「我回房間了，你在這等她吧！」

把房門關了，齊歡往床上一躺。扯過枕頭蒙在臉上，心煩。

手機嗡嗡響起。螢幕顯示時間比平時到家早。她今天坐家裡的車，沒有和嚴書龍他們一起，按照平時，這時候大概才到半路。

是陳讓傳的訊息。

齊歡頓了一下，不知道他這個時候突然傳訊息給她會是什麼事。點開一看，是兩則內容。第一張是照片，她放大看，紅彤彤的，是他們一中的百名紅榜。

第一的名字，陳讓。

圖片之後，跟著一句話——『陳讓真厲害。』

齊歡眨眼，半晌才回過神。上午傳訊息給他，他一直沒回，她以為他沒放在心上，也不會再理會。誰知道……

先前煩亂的情緒剎那被沖淡。

「呿……」她用食指撓了撓莫名發熱的臉頰，嘀咕：「真幼稚。」一點都沒有這句話同樣是在說她自己的覺悟。

盯著那行字看著看著，她臉熱得更厲害，良久，猛地一下深深埋進棉被裡。

嘴角卻抑制不住地上揚。

方秋蘅回來，齊歡聽到她進門後和齊參的說話聲，但完全沒有要理會的意思。直到鄒嫂來敲門喊她吃飯。

餐廳長桌邊，三人落座。齊參不坐主位，和方秋蘅一起，坐在齊歡對面。全程只有齊參和方秋蘅說話，偶爾齊歡被齊參點到，嗯哦兩句，應付完就不說話了。

上學前，齊歡去找齊參，問：「這次在家住幾天？過完生日才走吧？」

齊參說是，樂呵呵問她：「想要什麼生日禮物？」

「你過生日又不是我過。」齊歡撇嘴，「不跟你說那麼多了，我去上學。」跑到玄關，換鞋的時候回頭加了句，「我晚上不回來吃飯了，不用等我。」

不用上晚自習，下午最後一堂課下課前，齊歡傳訊息給陳讓：『晚上有點事想找你幫忙，你有沒有空？收到請回答！』

半分鐘，陳讓回覆：『說。』

她發：『我想買點東西，但是不會選，你是男生應該比較清楚。』

『哦。』

『哦是？』

她糾結了幾十秒，那邊傳來三個字：『知道了。』

六點多，齊歡和陳讓在城中心見面。她想買禮物給爸爸，那邊可逛的地方多，比較有選擇的餘地。

開始逛之前，齊歡見廣場附近的路口人行道上，有賣缽仔糕的流動小攤，扯著陳讓就過去坐下，「缽仔糕，兩人份！」

陳讓坐下歸坐下，不吃：「我不要。」

齊歡看他一眼，抬指向老闆比了個一，「老闆，一份。」

都是蒸好罩在籠屜裡的，很快就上了一份。齊歡邊動筷子邊說，「我餓了一下午了，你不餓啊？」

他說不餓。

齊歡也就不再廢話，專心吃，好節省時間趕緊去買東西。

很快，她把墊肚子的那一小份糕點吃完，抽紙巾擦嘴。

陳讓從頭到尾都是端正坐著的姿勢，臉上卻是全然相反的隨意模樣，「吃完了？」

她點頭：「嗯。」

還沒站起來，陳讓忽然把亮著的手機放到她面前，「看看。」

齊歡一怔。

他的手機裡是一則匿名發送的訊息，最先入目的是張照片。照片裡的紙條皺皺巴巴，還沾著些泥。

齊歡不會不認識，圖片裡的紙條，是她的筆跡。

上面寫著：陳讓垃圾，齊歡最棒。

和圖一起在他訊息欄裡的，還有傳訊息的人發在後面的一句話——『你當真了嗎？』

上午齊歡給他發的照片之後，他收到的另外的訊息，就是面前這個。她的筆跡他認識。

「我不是很懂這個意思。」陳讓看著齊歡，一如既往的平靜。

嘴裡糕點的甜味還沒散。齊歡開始慌了，著急蔓延開來。

「這個……」她吞了口唾液。

當時趁著單薄酒意隨手寫下的玩笑紙條，埋在河提邊那棵奇形怪狀的樹下時，她沒想那麼多。其實也很好解釋，畢竟紙上內容並無大問題。糟糕的是下面那句話。

傳那句話給陳讓的人，分明是在對陳讓說——齊歡做的一切，你不會當真了吧？

誤導性太強。

齊歡端起桌上還剩一半的白開水喝了一大口，實事求是說：「是我寫的，當時覺得你太囂張了，隨手寫著玩的。」

「沒了？」

「沒了。」她忐忑等他的反應。陳讓卻沒什麼反應，「喔」了聲，收回手機起身。

她趕忙跟上，試探拉他手腕，「你生氣了？」

「沒有。」陳讓說，「有什麼好生氣的。」

他表情確實沒有異樣。齊歡有點拿不準。她對他太熱情。突然迸發的興趣讓一中、敏學太多旁觀者覺得詭異，程度洶湧到連她自己都無所適從。最早，很多看熱鬧的人都在說，「齊歡追陳讓只是玩玩吧？」

時間漸久，發覺她一點都沒收斂，這種閒話才少了。

「你……」沒想到他這麼好打發，她有點怔，「那你特別拿來問我……」

「妳寫的。」

她頓了頓，「我解釋的，你信了？」

陳讓瞥她，反詰：「我應該不信？」

「信信，當然要信。」她回神，強調，「我寫那個就是開玩笑，沒別的意思，你千萬別多想。」

「哦。」他撇嘴，加了句評語，「妳真的很無聊。」

齊歡沒法反駁。

陳讓率先提步，帶路：「走吧。要買東西的也是妳，拖拖拉拉。」

齊歡「喔」了聲，和他並排前行。走到路口，兩人等在斑馬線盡頭。周圍喧鬧，兩個人卻都安靜了好久。

「齊歡。」

「嗯？」

陳讓望著對面紅色的人行燈，在這車水馬龍的路邊，突然開口：「妳解釋了，我就信。」

沒有猶豫懷疑，聲音平靜而沉穩。

朝商店街去，一路走，齊歡覺得不是滋味。

「莊慕他幹嘛要把紙條挖出來，還拍照傳給你說這樣的話？」她低頭想了一會兒。

陳讓用餘光睨她。

走了幾步，她驀地抬頭，臉色微凝，「是我不好。」

「哦？」他沉著嗓，面上不動分毫。

「我最近太冷落他們，有點過分了，以前都是我們一群人湊作一堆。嚴書龍才剛和我說，我老不出去玩，搞得莊慕也不跟他們一起……他可能很不爽吧。」齊歡嘆，「我老是跑來找你，這段時間他們邀我一起活動，我幾乎都推了。」

陳讓視線向前，「妳的意思是怪我囉。」

她抬頭，「我沒這麼說。」

扯了扯頭髮，齊歡又頭疼，「可是他也不能這樣啊，有什麼話跟我說不就完了，他為什麼要找你……」

陳讓默了十幾秒。只有腳步聲。

「莊慕跟妳是什麼關係？」他突然出聲。

齊歡一怔，「啊？」

「朋友？」

她頓了下，點頭，「對。」

「朋友，有矛盾很正常。」他道，「他只是暫時失落，自己習慣就好了。」

他的話裡，隱隱約約有東西牽著齊歡走。齊歡聽了覺得有道理，又覺得哪裡不對勁。但陳讓面色很正常。她擰眉，「……是這樣嗎？」

「嗯。」陳讓一本正經，說，「左俊昊和季冰。有段時間左俊昊追個學妹，也天天不出來玩，季冰那段時間吃不好、睡不好，看到左俊昊就跟他吵架。」
「……」齊歡覺得這個比喻有點神奇。
「這應該不太一樣……」她糾結，「左俊昊追學妹，季冰也搞破壞？」
「在學妹面前讓左俊昊丟臉算不算？」
「算。」
「那就是了。」
「……」
「莊慕對妳，大概也就是季冰對左俊昊這種心情。」陳讓下結論。
齊歡思考半晌，他說的話似乎有道理。
「沒什麼好頭疼的，解釋清楚就行了。」他最後說了這麼一句。
她點頭，不再繼續這個話題。
短短一番對話的功夫，莊慕傳的這則非常不合適的訊息，被定義為像「季冰不爽左俊昊重色輕友」這般的朋友間的小脾氣。莊慕本人，也被死死釘在了友誼的十字架上。相當相當牢固。

收了別的心思，齊歡專心幫齊參挑生日禮物。先去了幾家賣小東西的店，粉色的店內裝飾，閃得陳讓直接將抗拒寫在臉上。被齊歡強扯進門，他全程面無表情，不停在她忘形的時候潑冷水。
「帶耳朵的髮箍怎麼樣？」

「妳猜妳爸喜不喜歡？」

「……」

「這個白色耳環好看嗎？」

「要看妳爸膚色合不合適。」

「……」

「這雙鞋好好看！糖果色撞色撞得超棒……」

「嗯，再大個十碼，成年男人應該穿的下。」

「……」齊歡被他噎了十幾次。憋著一口氣，見旁邊髮夾架上有一個粉色蝴蝶結，抬手要去拿。

手還沒碰到，陳讓悠悠開口：「怎麼？要送妳爸蝴蝶結嗎？」

她瞪他，「我就看一下。而且我問的是我用好不好看，是我！」

「不好看。」他下一秒就道。

「我——」

齊歡還沒說話，陳讓忽地從架上取下一個形狀正好是數字「7」的髮夾，夾在她頭上。

「妳手裡那個難看死了。」他手插口袋，轉身去店外面等。

齊歡怔了怔。

側頭看旁邊鏡子，那個小巧可愛的髮夾「7」，靜靜夾在她髮頂上。

逛來逛去，最後還是決定限制挑選範圍。托陳讓潑冷水的福，齊歡總算沒忘記今晚出來是要買什麼的。兩人轉去男裝店。在商業街盡頭靠左的位置，一家三層樓的品牌男裝店，招牌碩大，通了電的燈箱在夜色下發光。

一進門就有店員引路。齊歡說想看男裝，環視一圈一層的陳列，並不滿意，店員立刻將他們帶上了二樓。

每個區域都歸不同的店員負責，引路的店員臉上揚著得體笑意，邊走邊和齊歡說話，「想要哪種類型的男裝？」

齊歡想了想，「不要太老氣的。」

「好。」店員即點頭，「您跟我來。」

轉了個彎，卻是把他們帶到了一片略顯花哨的男裝區域。

齊歡站著不動，很是猶豫。店員拿來上下各一件，一件衣服、一條長褲，正好一套。

「這個顏色比較有朝氣，很適合這個帥哥穿。」她看了陳讓一眼，笑說。

「……」齊歡側頭去看陳讓。

他語氣平平的道：「看我幹嘛？」

齊歡轉回頭去，「不是他穿，我買給我爸爸。」

店員一愣，立刻了然，邊笑邊略帶歉意說：「不好意思，我還以為是給這位帥哥買。原來他不是妳男朋友啊……」

沒等齊歡回答，店員說：「那您再看看這件。」

換了個年齡層的男裝，和先前跳脫的顏色相比，穩重又成熟。齊歡不太會挑男人穿的衣服，左右手各拿一件，比來比去看不出有什麼區別。

「陳讓，你來一下。」她回頭喊。

手插口袋站著的陳讓走過來。她持著衣架，把衣服抵在他身前，左右手輪換，歪頭看了半天。

抬頭問他：「你覺得哪件好看？」

「妳擋住鏡子了。」

她「喔」了聲，挪開。

陳讓打量兩眼，兩件都看過，沒表情：「都不好看。」

「都不好看？」

齊歡去換新的，「那這個呢。」

「太花。」

「這個褲子？」

「老氣。」

「灰色的外套應該……」

「顯舊。」

比來比去，就沒一件能入他的眼。

店員有點尷尬，「都不喜歡的話，那邊還有……」

「不用了。」齊歡懶得再試，「我再看看吧。」

出了店門，齊歡問陳讓，「你是不是累了啊，不想逛的話就算了，先回去……」

「對面。」

「啊？」

陳讓抬下巴指對面，「那邊賣男裝。」

齊歡微怔，他已經提步，走了兩步回頭，「站著幹嘛？」

「……哦哦，來了。」她趕緊小跑跟上。

對面的男裝店也不小，同樣三層，和剛剛去的那一家店是競爭關係。

店員將他們領上樓，最靠外的區域是青少年服裝，店員走到一個衣架前，手指著一件對齊歡說：「這個款式就很適合。」

「這個不太合適……」

「沒關係的，可以讓妳男朋友先試試。」店員熱情笑道，目光落在陳讓身上，這話說的是誰一目了然。

又來。齊歡一頓，解釋：「我是幫我爸爸買衣服。」

「啊？」店員愣了下，很快調整好，笑容依舊無懈可擊，「是這樣啊，那是我搞錯了。我看妳們小情侶逛街，還以為妳要幫妳男朋友買。年紀大一些的話，我們去那邊。」

瞥了眼陳讓，店員一邊帶他們往另一區走一邊調侃活躍氣氛，「妳男朋友還願意陪妳逛街，真好，現在很多年輕人都不肯的，我們店裡就老是有小女生來買衣服給男朋友，抱怨男朋友不陪她們一起逛……」

齊歡張唇幾次，店員連珠炮似得說話，她根本插不了話，最後只能悻悻閉嘴。陳讓慢步跟在後面，沒出聲。

店員拿了幾個款式的男裝給齊歡看，齊歡拎著在鏡前照了照，問陳讓：「哪個好？」

他倒是沒有不耐煩，垂眸仔細看了幾遍，選了左邊的。

齊歡交給店員，讓她先留下。又比對另外幾件，都由陳讓二選一做了決定。挑到最後，留下的幾件裡，她選了兩件外套，兩條西裝褲。

齊歡看著看著，皺了皺眉：「這些，跟我們在對面看的是不是同樣的款式？」

陳讓睇一眼：「有嗎？」

「我怎麼覺得是一樣的……」她摸摸布料邊角。

「心理作用。」

「是嗎？」

「嗯。」

陳讓已經走到一旁坐下。齊歡對著衣服打量兩眼，不再糾結，交給店員，結帳。

他說不一樣那應該就是不一樣。齊歡覺得很對。肯定是她認不出男裝的區別，心理作用。

買完齊參的禮物，從男裝店出來，已經快八點了。齊歡和陳讓去吃飯，在街上挑了家家常菜館，齊歡放下東西就去洗手，「你點菜，不用等我。」

陳讓沒多言。菜點完她才回來，不多時陸續上桌。一道、兩道還好，三菜一湯全上齊了，齊歡一看，都是她喜歡的。

她奇怪：「你知道我喜歡吃什麼？」

陳讓沒承認，「隨便點的。」

齊歡默了會兒，說：「可是，你不是喜歡吃清淡的嗎？這些都不……」

他會吃辣，但一般都吃味道淡的。和他吃過幾次飯，她了解他的習慣。今天桌上這三道，都是辣菜裡出了名的。

「妳能不能專心吃飯。」陳讓瞥她，並不想跟她聊這個。

「我就問一下嘛……」她撇嘴，沒再追問。

兩個人動筷，沒多久，她又小聲說：「是因為之前一起吃過幾次飯，所以記得我喜歡吃什麼嗎？」

陳讓抬眸看來。

她往背後靠了點，抬手，「當我沒說。」

齊歡安靜下來，但也沒安靜多久。飯吃了小半碗，她喝水，一邊夾著米粒，忽地道：「你知道吧，我媽她連我喜歡吃什麼都不記得。」

她想到什麼，像是笑的樣子，笑意卻沒有落到眼底，「就……別人來我家吃飯，她很清楚的知道別人喜歡吃什麼，但是卻不知道那些菜都是我不吃的。」

抬眸見陳讓在看她，她笑了下，「幹嘛，我只是在吐槽，又不是講什麼悲慘故事。別用那種怪可憐的眼神看我。」

他斂眸：「我沒可憐妳，妳想多了。」

「沒可憐我就好。」齊歡繼續說，「唉，我都習慣了，這麼多年過都過了，也沒怎麼樣。她疼不疼我無所謂，反正當家做主的是我爸。」

說到齊參，齊歡一下子興趣大起：「我爸哦，超級超級疼我。」

陳讓不知道說什麼，「嗯」了聲。

她吃一口米飯，吞咽下去，忽地悵然起來：「不過我最搞不懂的就是我爸。我不懂我媽那人有什麼好的，有什麼值得他喜歡。我爸那麼好，她根本配不上。」

陳讓沒插嘴，靜靜聽她說這些。這麼久了，似乎也是她第一次提起家裡的事。之前唯一一次，是她突然大晚上打電話給他，問能不能去找他。他沒拒絕，她跑到籃球場，當時的狀態一看就很頹然。但多問不是他的習慣，從那至今，他都沒有探究過一句。

「記得我喜歡吃什麼的人，只有我爸，還有家裡的阿姨。」齊歡說，「哦對，莊慕也知道。」提到這個名字，她又頭疼，「哎，莊慕啊……」

「這個做得不錯。」陳讓忽然指了指面前一道菜。

「哎，是嘛？」齊歡還沒嚐過，一聽來了興趣，當即動筷，轉瞬就忘了前一秒還悵然的事。

話題一轉，齊歡說起月考：「我這次考得的還算穩定，正好我爸回家，可以跟他好好聊聊。」

沒兩句，又扯到她爸身上，「我爸他啊，最喜歡跟人家講些亂七八糟的，搞得從小到大每回家裡來客人都點名要看我，說『哎呀這就是你那個特別會讀書的女兒』……我就特別無奈，總覺得不好好念書的話，他以後出門沒得炫耀了，那多無聊？壓力超大。」

她看陳讓，「說起來你也每次都考第一，為什麼啊？」

陳讓反問：「不能考？」

「當然可以。」她說，「我就問一下嘛。」

他給出答案：「我智商高。」

答案很欠揍，她小小「呿」了聲。單就成績這件事，他的確，兇殘得有點不像話。

齊歡剛要說什麼，陳讓忽地說：「我媽喜歡我考第一。」

她抬頭，「你媽？」揚唇笑道，「你是因為這個才要考第一？那你媽跟我爸一樣啊……」

「不一樣。」他視線盤亙在面前，慢條斯理夾菜，沒有看她。

齊歡覺得有點不對勁，儘量放鬆但又有些小心地問：「你媽媽現在在哪工作啊？」

陳讓執筷動作頓了一瞬，很短的一瞬，若無其事接上：「不知道。」

「你媽媽……」

「搬走了。」不等她問完，他便道。簡短平靜的三個字，沒有多餘回答。

她愣了，「那，上次在你家看到的那個人……」

「我爸。」同樣答的很平靜，但越是這樣平靜的陳讓，越是讓齊歡如同喉間梗住一般。

那個醉醺醺，赤紅眼和他動手打架的人，是他爸。齊歡滯頓抿唇，沒再繼續問。

「妳吃完了沒？」陳讓放下筷子。

齊歡碗裡還有一半米飯，「還沒……」

「我去抽根菸。」他沒催，起身往洗手間去。

那張臉，神色平淡，一如他剛喝的白開水。

隔天到校，第二節課後的下課時，齊歡沒跟嚴書龍他們一起去外面福利社。她把莊慕叫到安靜的地方，談照片的事。被單獨點名的時候，莊慕就猜到她要說什麼。

面對面站著，齊歡問：「紙條是你挖出來拍給陳讓的？」

莊慕沒有半分掩藏，承認，「是。」

他緊盯著齊歡，臉上神情是從未有過的認真，「是我傳給他的，我……」

話沒說完，齊歡捏拳，抬手就打在他肚子上。

「唔呃——」他抱著肚子彎腰，痛得皺眉。

她用力把手肘砸在他背上。眼看自己就要被她當場揍一頓，莊慕什麼深沉心思都沒了，連忙叫停，「等等等一下……妳幹什麼！」

齊歡狠揍他幾下才停手。莊慕吃痛癱坐在地上。

齊歡俯視他，咬牙罵：「你是不是腦子壞了！啊？有事不能跟我講嗎？就算我最近很少跟你們一起出去，你不爽找我說啊，搞這些亂七八糟的，吃飽了撐著是不是！」

莊慕一愣。她看他的眼神，沒有分毫變化。

「我傳的……」他撐著地站起來，還沒往下說，她打斷，「我知道，我還不了解你嗎？你的心思我都知道。」

他表情一凝，卻聽她說，「你不就怪我重色輕友嘛！」她抬指戳他，「你還真是行動派啊，光會做事，一句話都不說！你搞這些不如當面跟我說……」

「齊歡。」莊慕打斷她。

「幹嘛？」她翻白眼。

「我……」他凝視她，目光對接，她的眸光澄澈乾淨，毫無雜質。他身側的手，五指怔忪捏緊，捏到半途，還沒成拳，就惶然鬆開。

「說話啊。」她皺眉。

莊慕咽了咽喉，半晌，滯緩發出聲響，「是啊，我就是……就是不高興妳重色輕友。」

她一巴掌拍在他背上，「你真的是！講出來會死嗎？裝什麼深沉啊，給誰看？」

他斂眸，眼瞼低垂，遮住了眼中暗下去的神色。又被她打了幾下，再抬眸，他臉上已經看不出別的，扯了扯嘴角，照舊是從前插科打諢嬉笑的模樣，只是笑意稍微少了些。他抬手在她頭上虛晃招呼一下，抱怨：「誰讓妳天天跟在陳讓身邊，妳什麼時候改屬跟屁蟲了，丟我的臉！」

「滾！」齊歡踢他。

兩人裝模作樣過了幾招。鬧夠了，齊歡舒了口氣，說：「你以後有什麼事就跟我說。不要憋在心裡，這樣多沒意思。」

莊慕「嗯」了聲。

她用手肘捅他，「再這樣，以後你結婚紅包我都不包，還要一個人吃光你一桌酒席，去死吧你！」

他眼神閃了閃，笑著反嗆，「還要妳惦記這事，哥缺妳那一點錢？妳愛吃多少桌吃多少桌，只要妳吃得下，我包下一整場給妳吃都可以。」

齊歡用一串滾回饋他。

停一會兒，齊歡罵他：「你少得意了，就你這拖拖拉拉的樣，這輩子都得打光棍。」

莊慕「切」了聲，不以為然。

她冷笑：「還記不記得以前你說過的擇偶標準？安靜、乖巧、溫柔、賢慧……這麼好的女孩輪得到你？老老實實打一輩子光棍吧。」

莊慕扯了下嘴角，這回意外沒反駁：「……是啊。沒這麼好的姑娘，我都輪不到，有這麼好的，怎麼可能有我的份。」

齊歡瞅他，「你中邪了？」

他側頭看她，對視幾秒，忽地嘿嘿一笑，抬手重重一掌打在她腦後，拍得她兩眼冒金星，「妳中邪了還差不多！」

「莊慕——」

他拔腿就跑，齊歡氣得想脫下鞋扔他。訕息這一樁小插曲，像以往他們遇到的每件小事一樣，就這麼過去了。

又兩節課後，中午放學，齊歡家裡有車來接，便先走了。

莊慕和嚴書龍一起，感覺他情緒不好，嚴書龍問：「怎麼了，心情不好？」

「沒有。」

「聽說你和齊歡吵架了？她還把你叫出去談話？」

「沒。」

嚴書龍摳了下耳朵，「嘖，話這麼少幹什麼，你又不是隔壁的陳讓。」

莊慕臉變了變。

「慕哥？」嚴書龍覺得他不對。

「啊。」莊慕應了聲。剎那又見他恢復神色，剛剛彷彿只是眼花。

「真的沒事？」

莊慕扯開嘴笑，「能有什麼事？沒事。」

不等嚴書龍再問，他手插著口袋，大步朝前。

下課時，和齊歡在角落說話，她問是不是他傳那些訊息給陳讓的，對視的那幾秒，他的心跳得快要把胸腔撞破。當時只覺得喉嚨發澀，「友情可能到今天為止了」——這個念頭冒出來的瞬間，他心裡說不後悔是假的。

然而比這個更讓他難過的是，在對話之間，他有無數個空檔可以打斷她，告訴她，不是的，傳那些東西給陳讓，並不是氣什麼狗屁重色輕友。但他沒有開口。說不出，也不敢說。

齊歡看他，從來沒有什麼不該有的情感。她對他，也從來沒有什麼不該有的舉動。很純粹，就像嚴書龍一樣，他在她眼裡，不過是比嚴書龍他們更親近的朋友。

有事？他連宣之於口做不到，連承認都不敢？能有什麼事？

感情這件事上，以前沒有，以後……也都不會有他什麼事了。

※　※　※

第三次月考剛過去沒多久，一中準備召開運動會。齊歡不是一中的，頂多只能等運動會比賽的時候進去看看湊熱鬧，幫陳讓加個油，對此並沒過多關注。

嚴書龍卻興沖沖跑來找她：「歡姐，妳知不知道一中要開運動會的事！」

齊歡說，「知道啊，怎麼。」

「那妳還這麼淡定！」

「我為什麼不能淡定？他們開運動會我應該要抓狂？」

嚴書龍看她：「妳是真不知道還是假不知道？運動會前有表演。」

「那很好啊。」

「要跳交際舞。」

「活動不錯。」

「文藝表演主持人要領舞。」

「然後呢？」

「主持人一男一女，男的是陳讓。」

「……」

見齊歡沒話說了，嚴書龍拍拍她的肩，安慰她：「要不咱們對女主持人下瀉藥吧。」

莊慕在一旁幸災樂禍哼笑，「那哪夠啊，倒下一個女主持人，後頭還多的是呢，乾脆對陳讓下瀉藥不就完了。」

齊歡拿書丟他。

莊慕笑的更起勁，扯著椅子挪到她旁邊，模樣很積極：「瀉藥我幫妳準備吧？我早看陳讓那小子不順眼了，先來個兩斤。」

「……」齊歡直接抄起另一本書打在他臉上。

一中運動會賽前表演，擬定的主持人人選，陳讓的確是其中之一。放學後齊歡到福利社，從左俊昊和季冰那確認了這個消息。

「陳讓呢？」只有他們兩個在，齊歡不免要問。

左俊昊瞅她臉色，說：「被負責的老師叫到音樂大樓去了，說是準備一下。」

準備？準備主持還是準備牽女生的手再摟個腰，一起跳舞？

左俊昊怕齊歡殃了他這汪池魚，咳了聲說：「妳要不要進去找他……」

「不了。」齊歡扭頭走人，「我回去了，還要上課。」

說罷轉身出了店門。留下左俊昊和季冰面面相覷。

「要不要告訴陳讓？」

「……你問我、我問誰？」

莊慕和嚴書龍在教室聊天。他們懶得出去聚餐，打包晚飯的事交給了其它幾個人。嚴書龍一瞧，少了個人，「歡姐去哪了？」

「能去哪，一中唄。」說著，見齊歡從前門進來，莊慕抬下巴，「嗯，回來了。」

嚴書龍回頭匆匆看了一眼，沒怎麼看清，跟莊慕嘀咕，「回來得這麼快，挺沉得住氣啊，我以為歡姐怎麼也該不爽個半天。」

莊慕抬眸看他，嗤笑，「你說笑吧？」

「什麼說笑……」

下一秒，莊慕揚聲喊：「齊歡。」

斜前方的人回頭，那一臉表情，嘖。

莊慕非常不厚道地朝嚴書龍笑，「你看看，她氣成氣球了吧？」

一中運動會籌備得如火如荼，一連幾天下午上課都能聽到他們操場傳來的熱鬧動靜。齊歡三天沒去找陳讓，莊慕和嚴書龍瞧著，湊在一起嘖嘖感嘆。左一句「這次很不錯」，右一句「這麼堅持得住啊」。

齊歡聽到了也只當沒聽到，悶頭上課，理都不理。挑的男裝送出去了，齊參收到東西，嘴上笑著心裡更是覺得感動。只是終究還是工作繁忙，沒在家裡待多久，過完生日又繼續出去談事情。齊參一走，方秋蘅又整天在外交際消遣，齊歡也懶得管她。

學校這裡，莊慕和嚴書龍看她對即將要到來的交際舞場景持冷對態度，反而越感興趣。嚴書龍只有下課時才能來，莊慕和她同班，利用地理優勢，自習課時扔紙條給她：『下午放學去一中轉轉。』

齊歡回頭看他。他單手撐桌，托著頰側耳際，對她挑眉。

毫不客氣回他一個嘴型：滾。

他又扔了一張紙條：『真的不去啊。我很想看陳讓跳舞，妳不想看？』

齊歡連滾都懶得說了，這次根本不轉頭。

自從前兩天找莊慕說了他傳訊息給陳讓的事情後，莊慕就像是打通什麼穴道，一改提到陳讓就橫眉倒豎、面目扭曲的狀態，時不時拿陳讓調侃她，要多起勁就有多起勁。

莊慕的紙條可以不理，齊歡心裡的煩躁卻趕不走。她三天沒找陳讓，陳讓也沒找她。

張友玉下課時過來，帶了優酪乳給她。齊歡興致缺缺喝著，聽張友玉和一群女生圍在她身邊閒聊。說著說著，問她：「妳怎麼這兩天都沒去一中？他們要辦運動會了，很熱鬧。聽說選了一些高一的準備開幕表演，每天下午最後一節課都在操場上訓練。從那邊那棟樓的電腦教室看過去，能看到一中操場。」

齊歡沒興趣聊這個，張友玉不會看人臉色，依舊吱吱喳喳說個不停，聽得嚴書龍都有點慌。

「行了、行了，聊點有意思的好不好。」他主動叫停。最近幾天刺激齊歡刺激得夠多了，人得講究個見好就收，否則齊歡真的爆炸了誰都沒好日子過。

「沒看歡姐心情不好。」他道，「還在這說。」

「啊？為什麼心情不好。等他們一中開運動會就能看陳讓跳舞了，我們都去啊！」

「……」嚴書龍想找東西堵她的嘴。

旁邊一個女生咳了聲，偷偷扯張友玉衣角，「姐，陳讓跟別人的女生跳。」

張友玉一愣，這才反應過來，呼嚕一下把優酪乳都喝了，忙不迭跟齊歡說，「當我沒說當我沒說。」頓了一下還是在說，「歡姐，妳就因為這個不高興啊。」

嚴書龍插嘴，「不然呢。那陳讓架子真大，歡姐不去找他他也沒半點反應。」

「他沒打電話給歡姐？」

「沒有。」

「訊息也沒有？」

嚴書龍看了眼齊歡，說，「也沒有。應該是。」

張友玉炸了：「怎麼這樣！」想說點安慰的話，到頭來還是嘆息一聲，一副老成的模樣，手搭齊歡的肩，「想開一點。我估計他就是跳舞跳得太沉迷，摸女生小手摸得太開心，男人嘛，都這樣。」

「嘖——」嚴書龍差點咬到舌頭，這叫安慰？

作為話題正主之一的齊歡卻沒心思和他們說七說八，把書一闔，走人：「你們吵死了。」

中午，本是午休時間，齊歡被莊慕和嚴書龍連拖帶拉，拉去買東西。她本來不想動彈，結果還是去福利社走了一遭。一到常去的那家，老遠就看到兩個熟悉的身影在店裡，只是沒有陳讓。

三個人進去買喝的，和左俊昊兩人打照面，嚴書龍跟莊慕都象徵性打了個招呼。

左俊昊看他們後頭是齊歡，笑意中加了幾分熟稔：「齊……」

齊歡和他們擦肩而過。

左俊昊話沒說完，手還抬著。行至櫃檯前的齊歡拿了瓶水，扔下零錢給老闆，一陣風一樣轉眼就走出去。

「擔待擔待，歡姐這兩天脾氣大。」嚴書龍笑呵呵解釋。

左俊昊和季冰面面相覷。

下一秒，走到店門外的齊歡折返回來。左俊昊下意識往後退。

「幫忙轉達一句話給陳讓。」

「啊？」他微愣。

「交際舞挺有意思的。」齊歡板著臉，看得左俊昊喉嚨一咽。

「以前國中我也跳過，跟男搭檔合作得很順利，有什麼不會的很歡迎他來請教。當然，他可能也不需要。」她說，「祝他跳得開心。」

來的莫名走得也莫名，留下左俊昊跟季冰站了半晌。

回教室，離上課還早，季冰跟左俊昊一起去了八班。

陳讓坐在位置上，面前是一張試卷。不是他們學校出的，也不是禾城本地的。

左俊昊跟季冰沒忘了剛剛在福利社那段偶遇，兩個人用眼神推來推去，最後還是左俊昊開的口：「陳讓。」

「幹嘛？」陳讓眼沒抬，只專注做手上的事。

「剛剛我們在外面遇到齊歡了。」

陳讓筆一頓，繼續寫，「然後呢？」

「齊歡讓我們轉達幾句話。」

「說。」

左俊昊猶豫不決，季冰在桌下快把他的腳踩平了，他齜牙咧嘴，豁出去：「她說祝你跳舞跳的開心……」

話音落下，靜了兩秒。陳讓徹底停了筆，轉頭看來。

下午第一堂課上完，齊歡把書塞進抽屜，正要趴下休息，口袋裡手機震動起來。她惺忪著眼掏出來，一看訊息內容，一個激靈瞌睡全都沒了。

陳讓傳訊息給她。

沒有馬上看，過了將近半分鐘她才點開。是張照片，拍的是一道題目，下一則內容三個字：『解一下。』

齊歡皺眉。莫名其妙發個題目來讓她做：「你說做就做啊？」

她嘀咕，回他：『不做。』

他說：『解不出來嘛。』

她打字飛快：『解得出來也不做！不想做。』

頓了頓，又加一句：『哪有心情做題目？只想摸手跳舞，不想寫題目！』

那邊沒動靜。

齊歡正想把手機塞進抽屜，他又傳來一張照片，是那道題目的解答過程。

「……就你會。」齊歡盯著手機不爽。提起筆，在計算紙上用另一種方法解完，拍下發給他。你來我往，加上做題的時間，離上課已經沒多久了。

他來了一句：『很花時間吧。』

齊歡想回他說，這題目有什麼難的，誰不會做，字沒打完，對話框裡驀地跳出來一則新訊息。

陳讓說：『這幾天都忙著做這些衝刺卷題目，沒什麼時間做別的。』

齊歡一怔。做試卷？他不是去跳舞……

手指猶疑幾下，想回覆，但沒想好要發什麼，上課鈴就響了。任課老師拿著書走進來，她只能收了手機。

之後下課，陳讓沒再傳訊息給她。對話欄裡最後一句是他發的，齊歡始終沒想好要回什麼。放學時打算打電話給陳讓，號碼點出來，卻猶豫了，好半天沒按下撥號。

「歡姐，吃飯去了！」張友玉今天跟他們一起，和嚴書龍幾個別班的一起等在外面，在她們班門口喊。

莊慕也正好收拾完走到旁邊，齊歡趕緊把手機收了，「來了。」

也罷。晚自習前去趟一中。隔著電話終歸有距離，怎麼都比不上面對面。

第七章　甜透心扉

晚飯後兵分兩路，齊歡和張友玉去買飲料，跟男生分開走。她們還在街上閒晃，嚴書龍突然打電話來。

齊歡不耐煩：「幹嘛？馬上過來了。」

『不是！』那一頭開口就是無關話題，卻像個小驚雷，炸得人一愣，『聽說陳讓他們出事了。』嚴書龍說：『他們今天放學好像跟校外的人打了一架。我們剛剛碰到一中的，他們說陳讓跟左俊昊去了附近診所。』

張友玉還在喝飲料，忽見齊歡拔腿就跑遠。她都沒反應過來，只隱約聽見齊歡對電話那邊說：「告訴我在哪——」

嚴書龍也不知道，齊歡掛了電話，直接打給陳讓。陳讓的手機不通，又打左俊昊的。漫長的嘟音後，那邊傳來聲響：『喂。』

齊歡劈頭就問他們在哪。左俊昊把地址報給她。不是診所也不是醫院，而是在城中心附近的一家餐廳裡。

齊歡搭計程車趕過去，直奔樓上包廂。陳讓、左俊昊和季冰，包廂裡就他們三個。左俊昊見她氣息不勻，還有心情開玩笑：「妳怎麼跑這麼急，有這麼餓嗎？」

齊歡略過他，連話都沒聽完就衝到陳讓面前。左俊昊悻悻然摸了下鼻尖。

「你們跟誰打架了？」問的是你們，但她的眼裡分明只有陳讓一個人。

陳讓坐在小沙發上，放在身側的手，手背指節破了好幾個，滲著血絲。

「你……」她視線落在他手背上，挪不開。

「擦了紅藥水。」陳讓說，「沒事。」

「疼不疼？」她咽了咽喉。臉上表情，疼的彷彿是她。

季冰尷尬轉頭，左俊昊也摸後腦，咳了兩聲，試圖吸引注意力：「陳讓沒事，他那一丁點小傷，我這才痛，虎口劃了一條口子，流了好多血。」

齊歡看都沒看他一眼。季冰挑眉，示意「讓你趕著上去丟臉」。

陳讓抬眸，「左俊昊。」

「幹嘛？」

「下樓幫我買包菸。」

「啊？」左俊昊一愣。

陳讓正正看著他，他只能說好。

左俊昊剛拉開門出去，季冰又聽陳讓叫他，「季冰。」

「嗯？」

「幫我帶個打火機，忘記跟左俊昊說了。」

「……」左俊昊剛走沒兩秒，隨便嚷一嗓子他就能聽得見。但這話季冰不敢說，陳讓這分明是要支開他們。

「好。」季冰識趣，沒半秒猶豫，馬上出去，把空間讓給他們。

齊歡沒在意被差遣跑腿的兩人，拉了張椅子在陳讓對面坐下，隔著些微距離，鞋尖就能碰到他的鞋尖。

她盯著他的手，眉頭擰著小結：「要不要再擦點藥。」

「再擦也不會馬上好。」他無所謂。

「你們跟誰打架了？」她追問。

「妳不認識。」

齊歡想起來，嚴書龍還是莊慕，總之有人跟她講過，陳讓他們似乎得罪了人，經常有社會上的找他們麻煩。她問：「是跟你們有過節嗎？有什麼矛盾？」

陳讓沒答，唇線略平。幾秒對視，齊歡抿了下唇，「算了，你不想說也沒關係……」

有很多東西，她都不了解。他如果不願意說，也不勉強。

「以前的恩怨。」陳讓突然道。

她抬頭。

「他弟弟被我送進了少年監獄。」陳讓說，「他跟我有仇。」

齊歡頓了頓，很快理解。陳讓話裡的「他」，指的大概是找麻煩和他們打架的人？

她動唇，還想再問，陳讓已經跳過這個話題，「妳的祝福我收到了。」

齊歡沒跟上他的節奏。

「妳讓左俊昊轉達的話。」他勾了下唇，「祝我跳舞跳得愉快，我收到了。」

「……」齊歡臉色沉下來，浮現不悅，藏都藏不住。

她還沒張口，就聽陳讓道：「可惜我只有兩隻手，試卷多得寫不完，參加不了跳舞這麼愉快的活動。」

「……試卷？」齊歡想到幾個小時前他傳給她做的題目。

他嗯了聲：「各城的模擬考卷，班導師讓我試著寫一寫。」

她問，「你這幾天都在寫試卷？」

「是啊。」他挑眉，靠著小沙發背墊，眼皮疏散半翕，「不像有的人，有大把時間回味國中時摸手跳舞的樂趣。」

齊歡被噎到了。他就是在說她。

她把話擺到檯面上，「你們學校不是要開運動會？聽說你被選為主持。」

陳讓點了下頭。點完頭就沒後續了，他不接話，也不往下說。齊歡就像憋著股勁，難受得半死。好半晌，她到底還是忍不住：「跟你一起跳舞的女的是誰？」

「妳要揍她？」他饒有興致反問。

齊歡還沒答，他笑了下，「別啊。人家多無辜。」

「……」齊歡想甩手走人了。

將想法付諸行動的前一秒，不等她站起來，陳讓聲音悠悠：「打傷了，人家的舞伴得中途換搭檔，多頭疼。」

齊歡微怔。陳讓歪歪坐著，靠著沙發，懶散動了下，腳尖正好踢到她的腳尖。

「我不主持，也沒打算跳舞。」他說。

「你們老師不是叫你……」

「叫我去的那天我就推了。」陳讓道，「今天又去了一遍，我說我的腳弄傷了。」

齊歡朝他的小腿看去。哪有問題，明明健康的很。她下意識脫口：「你腳怎麼了？」

他今天心情似乎格外好，唇邊微翹，眉頭一挑，顯出平時少見的無賴模樣：「傷在裡面了啊。不能跳就是不能跳。」

他話音落下後，包廂裡靜了幾秒。

「……是因為我嗎？」齊歡喉間動了動，安靜過去，她看向他，神情認真，「不和別的女生跳舞，是因為我嗎？」

陳讓臉上的笑慢慢收斂，眉眼疏淡，蒙上一層正經：「妳說呢。」

他直視她。不是反問的語氣，而是陳述。

陳讓的回答讓齊歡默了好久。有種意外感覺，又夾雜著一絲早已想見的預料之中。她以前用玩笑口吻說過很多類似話語。想不想我、我想你啊、你不想見我嗎……對他的炙熱情緒從不掩飾。有沒有得到過回應她不記得了，但是這一次，這一句回答，她聽得清清楚楚。

齊歡有點怔，怔得忘了移開視線。陳讓倒是從頭至尾沒有挪動目光，坦然直視。

「沒有你常抽的菸，所以買了別的。」無言間門從外被推開，沒有敲門，左俊昊說著話踏步進來。屋裡兩人同時回頭。感受到氣氛有些不對，左俊昊腳步微頓：「怎麼，在說事情？要不我先出去……」

他後頭，跟著進門的季冰手裡拈著個打火機，正巧聽到這一句，也不明所以停下腳步。

齊歡有些不好意思。他們的眼神，彷彿篤定了陳讓跟她有什麼不能對人言的事要說。

陳讓沒接話，伸手。左俊昊反手拿了季冰的打火機，和菸一起交到陳讓手裡。陳讓沒讓他們走，左俊昊便不客氣大喇喇在沙發另一側坐下，「累死了，跑上跑下。」

季冰落座在他身邊，沒言語，眼睛一直往陳讓和齊歡那邊瞄。

氣氛有些古怪。

陳讓也不在意他們打量的視線，手裡把玩打火機和菸，眸光轉回來，就那麼看著齊歡。

最後，是齊歡先撐不住。當著左俊昊和季冰的面，她不可能接上之前的話繼續討論，陳讓又大喇喇毫不避諱，她被他看得發毛，避開他的注視，扯著椅子往餐桌方向挪，坐到了桌邊。

「點菜了嗎？催一下。」陳讓側頭，看左俊昊。後者道：「叫了，應該快來了。」

不多時，菜果真陸續上桌。

左俊昊拿碗筷遞給每個人，齊歡擺手說不用，「我吃過了。」

「沒事。」左俊昊直接放了副碗筷擺在她面前，不給她拒絕機會，「吃過了再吃點。妳跑得那麼急，我看妳剛剛進來的時候頭上都帶汗了，補充一下營養。」

「……」這話也不知是體恤她還是調侃她。

齊歡迷迷糊糊上了桌，迷迷糊糊跟著吃飯。她胃口不大，實在吃不下那麼多，盛了碗湯將就著喝。邊吃邊聊，她問起他們今天打架的事：「你們怎麼會被他們弄傷，他們人多嗎？」

提到這個左俊昊就來氣，「不是，純粹是意外。」

「意外？」

他捏著筷子，「是啊。要不是我們不在，陳讓哪可能吃這麼大虧！」

齊歡執著湯匙問：「你們不在？」看了看季冰和陳讓，「到底是什麼情況？」

左俊昊話匣子大開，連珠炮似的：「我跟季冰他們先走了，陳讓他一個人留在學校，後面才出來。本來約好了到這碰頭吃飯，結果來的路上碰上了李明啟那群雜種。」

他胃口都減了幾分：「陳讓一個人，那邊一群好幾個，我們趕過去，拚了命的趕也還是遲了點……」

「然後呢，群毆？」齊歡的心跟眉頭一起高懸，側頭去看陳讓。

陳讓表情淡淡：「沒有。」

「是沒有。」左俊昊接話，「好在那邊人也不多，四個，陳讓一個人還撐得住，我們趕到的時候，他們也沒得到什麼好處。那群小子跑得快，要不然我非得廢了他們不可！」

他罵了聲，「操，走之前還玩陰的，在老子手上劃了這麼長的傷口。」

左俊昊左手包著紗布，應該是來吃飯之前去診所看過了。

齊歡聽得直皺眉，「還好傷的是左手，不然你寫作業、吃飯什麼都不方便。」

「沒事、沒事。小傷而已，小傷。」難得被她關懷一句，左俊昊笑得眉飛色舞，又大氣起來，彷彿剛才拿傷說事的不是他本人。

端起杯子抿了抿水潤唇，左俊昊話鋒一轉抱怨陳讓：「讓哥也是，放學要是跟我們一起走哪會有這些事，搞不懂為什麼非要今天放學去找老師說什麼不跳舞的事，攔都攔不……」

「你不說話沒人當你是啞巴。」陳讓沉聲打斷。

左俊昊「呃」了聲，止住話頭。那句話沒說完，但齊歡聽清楚了，她愣愣看向陳讓。

他沒和左俊昊幾個一起行動，是因為他去找安排他主持領舞的老師拒絕這件事？因此才晚離校，因此才落單，才會遇上跟他有仇的那些人，以一挑四，弄得手上滿是傷？

季冰看出左俊昊那句話說完齊歡表情就不對了，雖然不太懂她和陳讓的事，但也分辨得出好歹。搶在齊歡和陳讓之前開口，緩和氣氛：「趕緊吃、趕緊吃，馬上要上課了。」

一向和齊歡互動不多的他，破天荒跟齊歡搭話：「齊歡妳嚐嚐這個，這個菜味道不錯……」

左俊昊自知八成是失言了，回神立馬附和：「對，快吃、快吃。」

一頓飯，齊歡本就是吃了才來的，更別提後來沒了胃口，就只喝了一碗湯。

飯畢，一行人下樓。左俊昊和季冰走在前面，先去結帳。

齊歡忽然扯了扯陳讓的衣角。陳讓先她兩階，停住回頭。兩個人站在樓梯上，一前一後，一高一矮。

「你放學……」

「左俊昊的話都是廢話，沒必要聽。」陳讓的聲音和情緒一樣平靜，不等她說完就道，「妳別多想。」

似是安撫，又說不清、道不明。

他看她一會兒，見她沒說話，轉身便要繼續往下。

「如果我一定要多想呢？」

陳讓腳步一頓。齊歡站在比他高的樓梯上，不動。他讓她不要多想，讓她不要把責任往自己身上攬。但如果她就是要多想呢？她就是要想，他晚離校是為了找老師，找老師是為了推拒運動會主持人的工作，而這些，都是因為不想和別的女生跳舞。追根究底，是因為她。

樓梯上靜默充盈在空氣中，潛伏了數秒時間。

陳讓回頭，臉上還是一如既往的平和沉穩。他眼睫微動，聲音低低：「也可以。」

可以這樣想。

當晚，「我超喜歡他」論壇版上，又迎來新的內容。

那棟樓裡多了兩句話——

『我好像撿到了一顆糖果。』

『在我開始確定，我喜歡的人終於也有那麼一點點喜歡我的那一刻。』

喝著水往房裡走的左俊昊刷到論壇裡齊歡發表的新內容，「噗」地一聲嗆到，腳差點踢到門框。顧不上腳趾，他快步到書桌邊把水杯放下，盯著螢幕內容看了好幾遍，然後一通電話打給季冰。那邊有水聲，霧氣似乎都要透過聽筒沁過來。

左俊昊哪管那麼多，直接嚷嚷：「大事！」

『有屁就放。』被打斷洗澡明顯很不爽。

「我是告訴你，陳讓跟齊歡估計快成了，紅包可以趕緊準備起來。」

季冰那邊默了兩秒，然後劈頭就罵，『左俊昊你他媽是不是有病！老子在洗澡，別打電話來廢話！』

啪地一聲，電話掛了。

左俊昊也不惱，琢磨半天，點開季冰的號碼，傳訊息過去：『這週你過生日，叫齊歡一起來吧？』

發完過了半分鐘，又追加一則：『還有那個茉莉花小妹妹，兩個女生好做伴，我幫你一起喊來。』

說罷，真的拿起手機聯繫齊歡。

等左俊昊打完電話一看，大概已經洗完澡的季冰，回了他三個字，簡單犀利：『狗東西！』

※　※　※

季冰的生日不止齊歡一個人收到邀請，可能是買她面子，左俊昊幫忙轉達的時候，也讓她一同喊上敏學那幾個，以及身在一中但跟左俊昊他們萬分不熟的紀茉。

齊歡不能幫人做決定，一個個問過，嚴書龍有空，沒多想就應了。莊慕稍稍猶豫，最後也同意，說：「我那天可能有點事，但是沒什麼大問題，就是待不了多久，既然他開口了那就去坐坐，意思意思一下。」

至於紀茉那邊，她很少參加這種活動，猶豫得比較明顯。齊歡本想說不想去的話不用勉強，紀茉看她兩眼，卻點頭應允了。

週日晚上慶生，季冰在KTV開了兩個大包廂，一個中包廂、一個小包廂，人多得要命。來的都準備了禮物，齊歡幾個自然不例外。紀茉跟在她身邊，也沒空手來，只是東西還沒到壽星手裡，就被左俊昊拿去。

「小紀同學眼光真不錯，這包裝顏色都比別人好看。我代他收了。」

紀茉沒理他，垂頭避開他的視線。

人多熱鬧，一開始莊慕和嚴書龍還跟齊歡窩在一塊，玩嗨了都跑去瘋。來的不全都是一中的，有些人他們也認識。

紀茉待在角落，齊歡幫她倒了無酒精飲料，拿了吃的，讓她乖乖坐著別亂走：「有事喊我。」

紀茉應好。齊歡在她臉上捏了一把，去找陳讓。

陳讓在小包廂裡，身邊還有空位，齊歡二話不說擠過去：「你在這幹嘛呀？」

他言簡意賅：「沒幹嘛。」

「難得，不玩手機啦？」

「訊號不好。」

她噗嗤笑，問他：「來打牌啊。」

「跟妳？」他轉頭。

齊歡說是，「跟我。」

「不玩。」他想也沒想。

「為什麼？」

「妳打不贏我。」

齊歡呿聲，「真自信。」

有一句、沒一句閒聊，齊歡發現他是真的什麼活動都不參加。恰好旁邊玩骰子缺人，問她來不來，雖然不認識對方，但此刻都是季冰的朋友，齊歡隨即點頭應，還把陳讓拉著一起加入。

輸的喝酒，她手氣不錯，沒怎麼輸，只意思意思喝了兩杯。陳讓玩了幾把，中途被人叫出去。齊歡自己奮戰，贏得直樂，玩的過程中笑笑鬧鬧，口渴，見旁邊有顏色繽紛的飲料，不帶「酒」字，她便拆了幾瓶，喝下去不少。等陳讓回來，她已經累了，從骰子遊戲中脫身，暫時歇兵，老老實實坐回沙發上。

幾個包廂人員互相走動，期間左俊昊躥到這邊來了，齊歡沒忘交代他：「你看到紀茉幫我照顧一下，她在三〇六，或者你問問她要不過來這裡找我。」

「沒問題。」左俊昊沖她比OK，就差拍著胸脯說包在自己身上。

唱歌的唱歌，玩遊戲的玩遊戲。齊歡坐在陳讓身邊，包廂裡空氣悶，臉莫名發熱。她拍拍臉頰，安靜地晃著腿。身旁陳讓拿著手機玩起了遊戲，似乎是找到訊號了。

吵吵鬧鬧一片，有人推門進來，「關思宇他們在那邊玩遊戲PK，輸了的乾杯！」

在座的人一聽，呼啦啦幾乎全跑光，去看熱鬧。

又過了會兒，出去抽菸的抽菸，吹風的吹風，都沒再進來。邀齊歡玩骰子的女生跟另幾個去補妝，剛回來落座，被推門探頭的人招呼，「去大廳跳舞？」

「樓下？好啊，走走走！」一群人二話不說動身。

進進出出，來來去去，小包廂裡轉眼就空了。夜晚的KTV有一種別樣氛圍。齊歡顧不上別人去留，只覺得有點熱，眼前也有些花。她盤腿坐在沙發上，捂住發熱的臉，睜眼都覺得費力。

茶几上一片狼藉，大螢幕上字幕變換，點的歌沒人唱。

她暈乎乎地挪動，陳讓注意到她的不對，頓了下暫停遊戲，皺眉：「妳喝醉了？」

齊歡甩腦袋，「沒有啊。我沒喝酒……」用力瞇了下眼，再睜開，「我只喝了那個飲料……」

她朝桌上一指，手搖搖晃晃。後面他說什麼，她聽不進去，自己在說什麼也搞不清楚。陳讓眉擰得更緊，收起手機，過來扶她。齊歡頭暈的厲害，還有點想睡，殘存的一點意識告訴她，她可能是醉了。眼睛快睜不開，迷濛間有雙手伸過來，她第一反應便是用力推開，而後撐著茶几試圖站起來。

「嚴書龍……莊慕……送我回……」

下一秒，腰上箍來一隻手臂。她落進了一個有力懷抱。齊歡渾渾噩噩，只覺得背後溫熱，帶著淡淡清香和些許菸草氣息，熟悉的味道連同腰上桎梏，隨著那熱意一起將她包圍。下巴被捏得一痛，耳邊泛起熱氣。

「妳就那麼信他們？」

要切蛋糕，人都聚到了三〇六大包廂。季冰見陳讓不在，齊歡和左俊昊也不見蹤影，讓其他人先玩，出去找他們。

快到最後一個小包廂，經過轉角時被攔住。

「……操！你嚇我一跳。」季冰嘖聲，「你站在這幹嘛？」

左俊昊倚牆，站在盆栽邊抽菸，被菸氣嗆得瞇了瞇眼。他歪頭指了指那邊小包廂，「別去。」

季冰一頓，「什麼？」

「親嘴了。」

季冰沒反應過來。左俊昊又抽了一口，菸從唇間飄出來，「陳讓和齊歡在裡面。」

這下季冰懂了。

菸還剩三分之一，左俊昊把它捻在石子裡掐滅，「你過去陳讓准沒你好果子吃，沒看我躲在這抽菸壓驚嗎？」

他剛剛去叫陳讓，掃了眼門上玻璃，手才伸出去就停了。小包廂裡只有兩個人。一向冷淡克制的陳讓，把齊歡壓在牆上親。

聽左俊昊這麼一說，季冰沒轍了。這情況，他確實是不好進包廂打擾。他問：「你不敢進去，就在這守著？」

左俊昊開玩笑：「這不是怕他們兩個被打擾嘛。」

季冰手機響，其它朋友找他。他得過去看著，只好先走，不忘叮囑左俊昊：「你等等趕緊把人喊出來，過來切蛋糕。」

「走吧。」左俊昊站在那笑，「哪需要你惦記。」

季冰走了，長廊再度安靜。左俊昊又想點菸，一個人影從走廊那頭朝這邊走來。

「哎喲，小紀同學。」他吊兒郎當笑開。

紀茉抬頭，看清是他，驀地在離他有些距離的地方停住。

「妳找齊歡？」

她沒答，只說：「快要切蛋糕了。」

「沒事，等等就來了，妳回去坐著吧。」他邊笑邊打量她。

她臉上有點紅暈，是被包廂裡的熱氣和別人身上的酒氣悶紅的，那雙眼清明乾淨，沒有半點迷濛之色，很清醒。先前他受齊歡請託，怕她一個人在包廂裡不自在，或者不小心被哪個玩瘋的人欺負。過去一看，卻見她一個人待在角落，安安分分，完全不需要人掛心。他問她要不要去找齊歡，她也說不，只在原地等齊歡回來。

「妳回去等吧，過會兒我跟他們一起來。」左俊昊打發她。

紀茉稍作沉默，不理他的話，提步往小包廂走。

左俊昊攔路，「怎麼呢小紀同學，這麼倔。放心吧齊歡她丟不了，不用急。」

他擋在面前，紀茉不想離他太近，不得不往後退了兩步。

他一臉受傷，「哇，不用這樣躲我吧？我又不會吃人。小紀同學太傷我的心了。」

紀茉板著臉，終於有了點反應，抬眸瞪他，半天憋出一句：「你才小雞。」

左俊昊一愣，樂了。

「哎喲喂，小丫頭這麼可愛呢！」說著手不規矩摸她的頭，被她瞪著避開。

紀茉不悅，輕輕點自己的太陽穴：「你是不是這裡有問題。」

「喂喂，這樣說有點過分了……」

「你的行為很無聊。」

「我無聊？」左俊昊驚訝，「拜託，妳知不知道有多少女生想纏著我，妳知道嗎？」

紀茉不語。他得意：「嚇到了吧？」

她很認真地再一次指太陽穴：「想纏著你的人，應該也跟你一樣這裡有問題。」

「……」左俊昊一噎，「越說越過分了啊。」

「我說的是事實。」她紅撲撲的臉，配上一本正經的表情，看著讓人特別想捏一捏。

左俊昊低睨她，睨著睨著不說話了。他驀地笑：「小妹妹，妳不懂當然不明白。為什麼纏著我？因為啊，有些人，妳不深刻接觸過就不知道他多有魅力。」

季冰要是在，一定會罵他死不要臉。

紀茉反應冷淡：「我不用知道，這是不可能的事。對象是你的話，對我來說哪樣都沒有魅力。」

她眼也不眨，「因為我看到你，就覺得很討厭。」

左俊昊瞇了瞇眼，幾秒後，手撐在她身邊牆壁上，俯身湊近她，噙著笑顯出了幾分認真。

「妳沒接觸過怎麼確定？我保證，我比妳想像的有意思的多，要不要了解看看？」

季冰再次趕到的時候，就見左俊昊腆著張臉在牆邊欺負那個內向的小姑娘。他上前就是一腳，踢得左俊昊猛然跳開。

「還在這裡屁話，去找陳讓。我打電話給他了。」季冰說，後半句只有他和左俊昊聽得懂，「可以過去了。」

沒了左俊昊擋路，紀茉提步就走。三個人一前兩後，推門時左俊昊和季冰還擔心會有什麼尷尬，進小包廂一看，陳讓好得很，安穩坐在沙發上，姿容怡然，毫無不端。而醉倒的齊歡趴在茶几上，蓋著他的外套，睡得不省人事。

「她喝醉了？」季冰問。

陳讓點頭，「嗯。」

左俊昊瞧他那副模樣，暗暗在心裡啐：裝什麼正經，禽獸的時候以為沒人看見呢。

紀茉沒說話，去扶齊歡，門恰好從外推開，瘋了一晚上的莊慕和嚴書龍來找人，見齊歡醉了趴在桌上睡，沒出什麼事，都鬆了口氣。

「我送她回去……」莊慕習慣性伸手。

紀茉攙著齊歡的胳膊不鬆手，也不讓位，婉拒莊慕，「沒事，我扶就好。」

莊慕一頓，最終還是收手沒跟她爭。紀茉是女生，照理來說確實比誰都合適。

紀茉攙著齊歡走了兩步。莊慕瞥見齊歡酡紅的臉，又看紀茉那瘦小身子，皺眉，「妳扶得動嗎？還是我來……」

「沒事。」紀茉緊緊托著齊歡，任她在自己身上借力。

季冰開口，「她醉成這樣坐車肯定不方便，要不要去樓上飯店開個房間給她睡？」下一句是問紀茉，「妳能陪她住一晚上嗎？」

紀茉被幾雙眼睛盯著，略有些不自在，只猶豫了半秒時間，點頭，「可以。我打個電話回家，就說在同學家過夜，我媽應該會准。」

「那行。」季冰問，「誰帶了身份證？」

這是最好的方法，齊歡這樣，不方便走動。莊慕擰著眉，但也沒反對。左俊昊帶了證件，去前臺開房間。

一樓是KTV，樓上四樓開始到七樓都是客房。很快，左俊昊拿了房卡回來。出小包廂門口時，紀茉攙著齊歡差點絆倒，剛站穩手裡的重壓霎時就輕了。

「我來。」陳讓不知什麼時候走到齊歡另一邊，扶著齊歡的手，背上　攬，齊歡方向一偏，半個身子差不多就進了他懷裡。

紀茉手裡空了，一怔，陳讓已經攬著齊歡往外走。

搭電梯上去，左俊昊刷開房門，把卡插上，屋裡燈一盞盞亮起，陳讓把齊歡放到床上，順手蓋好被子。她閉著眼，睡得沉沉。

後面的活動紀茉不參加，待在房間裡陪齊歡。莊慕和嚴書龍不好多留，跟著陳讓幾個一起下樓。房門關上，他們的腳步被隔絕在外，屋裡燈光明亮，照在綿軟地毯上，映得人眼發暈。

紀茉倒水，餵齊歡喝下小半杯。

放下杯子，紀茉蹲在床前，正要起身，目光落在她嘴唇上，一頓。幾個小時前齊歡問她那一唇粉嫩顏色好不好看，此刻已經在唇上暈染化開，有一塊沒一塊。

面容染上少許無奈，紀茉抽面紙給齊歡擦嘴，聲音輕輕：「妳怎麼能把自己的口紅吃得這麼糟糕……」

當晚，陳讓和左俊昊、季冰也沒回家，三人睡一間房，房間開在齊歡她們隔壁。莊慕和嚴書龍乾脆也另開了一間，同樣在旁邊。

第二天要上課，紀茉早早把齊歡叫醒，其它兩間房裡的幾個人也精神不濟地睜眼。他們去附近巷子裡很有名的一家早點攤吃早飯，點的都是禾城當地的小吃。在碗裡加醬料的去加醬料，端湯的去端湯，都在忙碌。

齊歡用湯匙拌了拌碗裡的東西，另一手摸著下唇嘶聲：「我嘴巴好痛啊，昨天晚上不知道撞到哪，撞到什麼東西把裡面都撞破了。」

還在位置上的，除了她只有陳讓。

「可能妳自己不小心撞到了。」陳讓端杯子喝水。

齊歡一臉不適，想半天也想不起來，鬱悶地抬手用公用湯匙挖了勺辣椒醬。還沒加到碗裡，連湯匙帶醬料碗，整個被陳讓拿走。

「嘴巴破了就別吃。」他蹙眉，不贊同。

齊歡摸著嘴唇唉聲嘆氣。陳讓把佐料放到一邊，端起杯子喝完剩下的半杯水。聽她抱怨嘴唇疼，眉梢微不可查輕挑，很快恢復淡定模樣，一派安然。

前一晚玩得太累，又沒休息夠，齊歡花了比平時多幾倍的精力才集中注意聽講。下課時，不知從哪開始刮起一股八卦風，越聊越熱鬧。

齊歡聽了幾耳朵，轉頭問後邊正說話的幾個男生，「什麼情況？哪所學校又出事了？幾中啊？」

「不是我們這的。」拿著手機的男生回答，「是江城的學生，好多學校論壇都在說。」

莊慕扯著椅子靠近聽八卦，正好嚴書龍從班上過來，也跟著一塊湊熱鬧。

是一樁校園暴力事件。昨晚開始，有一個影片在網路上傳播，影片裡的是江城三中某一年級的學生。一群女生賞一個女孩巴掌，圍在外面的還有男生。幾個女生對被打的女孩拳腳相向，或是揪著頭髮搧耳光，連環開弓，到後來更是動手扒女孩的衣服以示「懲戒」。

影片流傳範圍不小，除了江城，還傳到周邊幾個地方，禾城好多學校都有人在論壇上問「大家看到那個影片了嗎」。

齊歡看了一半臉色就變得難看。莊慕和嚴書龍知道她的底線是什麼，在他們敏學，男生幹架她不管，女生之間，像這種一群人圍著一個欺負的事，被逮到她都處理得很嚴，更別提扒衣服這樣的凌辱行為。

她說過，不管有什麼過節，都不應該使用性暴力。

「拿遠點。」齊歡把手機扔開，「髒眼睛。」

其他人識相地湊到旁邊去議論。

齊歡坐在位置上，越想越不爽，拿出手機傳訊息給陳讓：『論壇那個影片你看到了嗎！』

他回：『左俊昊看到了。』意思大概是從左俊昊那聽說了。

她打了滿螢幕的驚嘆號，又刪除，只剩下幾個：『太氣人了！！！』

後面加上一句：『不知道她們有什麼深仇大恨，可是這樣施加這種過度凌辱真的很過分，如果在我眼皮子底下，我肯定不會坐視不管。』

她發了幾個流麵條淚的表情。或許是她感情過於豐富，影片裡挨打女生被扒衣服的場景，真的讓她很難受。

良久，陳讓回了一個字：『嗯。』

齊歡看著那個簡潔的回覆，無從下手，一時不知該如何繼續話題。

沒等她再打字，對話欄裡，跳出一句新內容。

他說：『如果是我，我不會管。』

時間過得飛快，下午第一堂課上完，泛著睏意的人紛紛起身活動。齊歡坐在座位上盯著課本出神。嚴書龍幾人聚在門外走廊，不時探頭往裡看一眼。

張友玉道：「就因為論壇的事，歡姐就跟陳讓鬧矛盾了？不至於吧。」

她有多喜歡陳讓，他們都是看在眼裡，別說雷打不動，刀子雨都阻止不了。就因為這麼點無關緊要的事？張友玉聽莊慕說完，明顯不信。

「沒騙妳。」嚴書龍抬指抵唇，「小聲點，她現在心情不好。」

「中午放學在福利社，碰上陳讓他們，齊歡一句話都沒跟陳讓說，當沒看到就走了。」莊慕補充。

「真的假的？」張友玉愣了，「不至於吧。論壇的事，就為論壇……他們聊了什麼啊？」

莊慕說，「我也不知道。我只看到他們在聊論壇，沒看清楚。後來齊歡就不對勁了。」

幾個人想不明白，上課鈴響各自散開。

下午放學一起去吃飯，嚴書龍一群人都很識相地沒在齊歡面前提陳讓。吃完回學校，想著這個時間陳讓他們應該不在，便說去福利社買點東西。結果誰知，迎頭就跟陳讓二人打了個照面。走已經來不及，像是誠心要避開他們似得，太明顯。幾個人悄悄看齊歡。

她板著臉，沒向往常一樣直衝到陳讓身邊。

「要買東西就快買。」她不進去，站在門邊。

說要來福利社的幾人連忙應聲，手忙腳亂地拿東西結帳。齊歡一手插在外套兜裡，面對外頭馬路，靜站著等。身邊突然多了個人影。

「覺得我冷漠得可怕，連話都不想跟我說是嘛？」熟悉的清冷嗓音。

她用餘光瞥見，知道是陳讓，鼻端聞到他身上淡淡的香味，很努力地克制著沒轉頭。他似是拎著什麼東西，塞到她手裡齊歡才看清。是杯奶茶，印著她最喜歡喝的那家店的logo。溫熱透過杯身傳到她掌心。

「很甜。」陳讓聲音平淡如常，但她莫名從他的語氣中聽出了不一樣的意味。

這場長不過幾個小時的冷戰，最後是他先服了軟。

陳讓把吸管一同塞到齊歡手裡，並沒有期待她會有什麼態度，也沒有非要她開口。就那麼短短兩句話之後，他走出福利社，和左俊昊幾人回一中，背影和往常並無區別。

嚴書龍湊到她身邊：「怎麼樣歡姐，還氣嗎？」

「……」齊歡微微用力捏了捏杯身，熱意盈滿手掌。沒跟他們插科打諢說閒話，提步朝敏學走。

晚自習時老師把齊歡叫到辦公室，讓她幫忙整理資料表。東西多又亂，工作量大，花了很多時間才處理好，當天的作業是在最後一節課趕著寫完的。隔天下課時，齊歡又被喊去當苦力，沒了往一中跑的空閒。

到了下午，好不容易喘口氣，張友玉跑來問：「歡姐，晚上可以不可以一起吃飯啊？」

「這兩天不是都一起吃飯嗎？」齊歡懶洋洋地翻書。

「不是。今天我不跟大家一起吃，我得回家。」張友玉說，「我堂弟來了。他在別的城市念書，學校放月假，他爸媽出遠門了，不放心，讓他到我家來住幾天。」

她煩悶：「我爸媽很不負責，又說除了過年和祭祖很難跟家裡親戚走動，我弟難得來一次要好好招待，自己又跑出去！還非讓我帶上我堂弟一起吃飯，多大的人了，生怕他一個人在家會餓死……」

齊歡說：「那妳找我跟妳吃什麼飯？」

「去我家陪我嘛，一個人回去好無聊。」張友玉岔開腿跨坐在齊歡前座的凳子上，面對她，「晚自習請一節課假，我們可以晚點來學校，不怕耽誤時間。我們點外賣，妳想吃什麼都行！」

她用上懇求語氣，齊歡沒輒，想想沒什麼事要忙，便應了：「行吧。」

放學，跟莊慕幾個打過招呼，齊歡被雀躍萬分的張友玉勾著手臂一路拖，就差架起來走。張友玉家比齊歡家遠，進門前張友玉就點好了外賣，換上拖鞋直直往裡衝，翻冰箱找東西招待她。邊翻邊揚聲喊：「張非墨，死了沒？在不在家？」

「我在。」張非墨是她表弟，長得白白淨淨，很斯文。他在沙發上看書，見張友玉回來，闔上書起身迎了迎。

齊歡聽張友玉說，他只比她小兩個月，也在讀高二。

張友玉翻出飲料端過來，三人在客廳坐下。齊歡跟他互相禮貌問候，瞥了眼他放在茶几上的書：「你們那邊用的課本是這個？」

「啊，是。」張非墨點頭，「我們用的都是這個。」

「跟禾城這邊的不一樣。」

「是不一樣，小學國中的教材也不同。」他說。

張友玉插話，指張非墨，「他以前也在禾城讀書，後來搬家去那邊了。」

「這樣啊。」齊歡點點頭。

張非墨話不多，和活潑過頭的張友玉比，簡直天差地別。喝完半杯飲料，他拿起書坐到客廳床邊的搖椅上繼續看。齊歡和張友玉就放鬆多了，盤腿側靠在沙發上，抱著抱枕聊天。

「妳還在生陳讓的氣啊？」張友玉八卦，「妳們到底因為論壇的事聊了什麼？他都買奶茶給妳了，妳還不氣消，這麼嚴重？」

「我怎麼不知道妳這麼好養，一杯奶茶就打發了。」齊歡對她翻了個白眼，頓了下說，「我沒氣。」

張友玉頭靠著沙發背墊，看著她嘿嘿笑，用腳尖碰碰她的腿：「說真的，陳讓對妳已經很不同了。他那天塞奶茶到妳手裡，我都嚇到了。」

齊歡垂了垂眸。還沒說話，手機響了。好巧不巧正是他們談論的對象。

陳讓傳了張飲料店的照片給她，三個字：『要喝嗎？』

齊歡看了半晌，回他一串刪節號：『……』

張友玉探頭過來，盯著螢幕，邊笑邊嘖聲。

「妳不喝啊？」她挑眉，「我想喝啊。妳問問陳讓我能喝嗎？」

齊歡抬手推開她的額頭。

抿著唇，打了一則訊息給他：『我晚上會晚點去學校，上課前到不了。』

上課前到不了學校，也就到不了福利社，買了也拿不到。這句話帶點婉拒意思。

齊歡把手機螢幕關上。十幾秒的時間，螢幕再次亮起，陳讓回的還是差不多的內容：『嗯，要喝嗎？』

透過螢幕，甚至都能想像他一貫的語氣。

她用指腹滑著螢幕，滑了老半天。最後，還是點開對話框——『我要紅棗口味。』

張友玉竊笑聲更大了。齊歡把手機收了，伸手撓她癢癢肉。

「別別別，我不笑了……哎……」她怕癢，不停求饒。

「妳們說的——」角落突然響起一道聲音。

齊歡和張友玉雙雙停住，回頭看過去。張非墨咽了咽喉，臉色猶豫中帶點不自然，「……你們說的，是以前十四中的陳讓嗎？」

※　※　※

「怎麼還沒好？」

左俊昊坐在路邊欄杆上，擰好飲料瓶，揚手一拋把空瓶拋進了不遠處的垃圾桶。季冰側頭去看，斜前方飲料店裡，陳讓還沒出來。

「快了吧，買杯飲料要多久。」

左俊昊晃著腿，嘖聲，「之前裝模作樣，還不是栽了，他就死要面子，裝得好像什麼事都沒有。看這架勢，過不了多久我怕他得叫齊歡大小姐。」

季冰笑，「你在我們面前說說就算了，當陳讓的面說，小心他不給你好臉色看。」

左俊昊嗤聲：「我難道會不知道？就他這性格，一頭栽進去了，不逼到底也絕不會承認。今天買奶茶，過了一晚，明天照樣端著架子。也就吃死了齊歡這種真心實意的。」

兩人有一搭、沒一搭調侃，直至陳讓出來。三人朝學校走，有段路因為施工，封了大半，各色轎車和摩托車、三輪車堵在一塊，水泄不通。他們改道走小路，繞了一段，沿著細長的小巷往外。左俊昊蹦著越過一個接一個小水坑，偶有不甚踩到坑裡，濺得季冰一褲管水。

季冰擰眉啐他：「跳什麼跳！」

「怎麼說話呢？」左俊昊踩得更重，越發故意，瞄準水坑蹦上去，泥水濺起來，兩個人都沒得到好處。

鬧到巷口，左俊昊和季冰還在為水坑互相攻擊，悠悠傳來一聲呵笑。

「喲，我還以為是誰。這不是一中的幾位扛把子嗎？」

左俊昊和季冰在看清說話的人時，表情剎時一變，臉上浮現絲縷寒意，裹挾著平時少見的尖銳戾氣。

巷口停了輛小車，車蓋前坐著個穿黑色棉衣的人。旁邊地上蹲了幾個，都在抽菸，清一色的平頭，同樣是吊兒郎當的氣質，和左俊昊平時的不正經有本質區別，眉眼間難掩流氣。

李明啟從車蓋前下來，兩手揣著褲兜，沖陳讓笑：「又碰上了，緣分吶。」

陳讓睇著他，面色沉沉。

「今天這家的菜味道真不怎麼樣。」

「下次換一家唄，誰讓你們要挑那。」

走在路側，嚴書龍和一群敏學的人討論著剛吃的晚飯。齊歡去張友玉家，莊慕有事回了家，也不在同行之列。身邊幾個人聊天，嚴書龍沒什麼興趣，表情都比平時無趣了幾分。他半闔著眼，只覺得這段路太長，無聊得邊走邊犯睏。

「哎？那是——」一隻手猛地扯他，拽得他踉蹌。他還沒斥責，扯他的人就指著前面要他趕快看：「嚴哥你快看！」

「什麼東……」嚴書龍皺著眉，不爽地朝他指的方向看去，怔住。

「是一中的吧？他們被堵進巷子了，是不是碰上麻……」

嚴書龍擰眉打斷：「你不是認識一中那個誰？是左俊昊那邊的吧？不管了！誰都好，趕緊打電話叫他們一中的人過來！」說罷拔腿就衝，招呼，「跟我過去看看——」

客廳裡一片沉寂。齊歡坐在沙發上發怔，腿盤得發麻，不適感蔓延而上，她全然不覺。

張非墨和她們兩個面對面，隔著茶几，臉上隱有惶惶神色，先前看的那本書，此刻靜靜躺在窗臺邊。

「我是不是不該說這些。」他艱難動了動喉，又顯得有些不安：「陳讓……陳讓他這兩年還好嗎？」

張友玉沒有回答後一個問題，只是安撫他：「沒事、沒事。跟我說有什麼，我是你姐，你又沒有到處對別人亂講。別想那麼多。」

「友玉。」

「啊？」

齊歡微著垂頭，雙肩向下，出聲，「這件事以後不要跟別人說。」

「……好。」

靜默幾秒，張非墨又見齊歡朝自己看來，「以後也不要再告訴別人了。」

「我沒有……」張非墨唇瓣囁嚅，怕她不信，「我從來沒有跟別人說過。陳讓告訴我的，我在辦公室外聽到的，都沒有跟別人說過一個字。這一次、這一次……」他有些自責，也有些後悔，「這一次是意外……」

國中時期，他還沒隨父母搬家，那時他們家在禾城南區，離十四中近，他就在十四中念國中。陳讓是他的同班同學。自從跟隨父母搬家轉學之後，這麼久來，今天是第一次提起陳讓的名字。張友玉是他姐，是家人，血緣削弱了隔閡感。而為什麼會說給齊歡聽？或許是因為她提到陳讓時話裡話外的熟稔，以及她和陳讓之間似乎存在的特殊關係，令他一時沒控制住，才將那些舊事宣洩出口。

張友玉見齊歡臉色不好，擔心：「要不要喝點水？」

齊歡搖頭，臉頰的紅潤不知何時散了個乾淨。突兀的鈴聲驀地響起，像一道小驚雷，毫無防備將她們嚇了一跳。齊歡指節有些使不上勁，費力握住。

來電顯示的位置，三個大字拚命閃爍：嚴書龍。

※　※　※

「嚴哥，你要不要也去醫院，你的手……」

「等會，你看看他們幾個有沒有受傷。」嚴書龍打發過來關切的兄弟，拿出手機撥電話。聽著一聲聲嘟音，眉頭皺得死緊。不僅是急，也有疼的原因，他手背上被劃了一道口子，傷口不深，暫時用紙巾壓住了，但風一吹，咬得實在是難受。

巷口略顯吵嚷，那輛車和那群人早就沒影了。周圍零星的幾個商鋪裡，圍過來一些中年人看熱鬧，指指點點，嘴裡議論著他們這些小年輕。會說什麼，不用聽都能猜到。嚴書龍沒管那些，等那邊接電話等得心焦，在原地轉。視線掃到石磚地上，巷壁角落，一杯奶茶摔在地上，杯身破裂，乳製品淌了一地。隨意一掃收回目光，他走出巷子，有幾個人也受傷了，雖然是小傷，但也需要處理。他招呼敏學的人跟他走，恰時，電話終於通了。

齊歡的嗓音帶點沙啞，嚴書龍顧不上別的，邊攔車邊說：「陳讓和左俊昊進醫院了！剛剛……」

一進醫院，到處都彌漫著消毒水的氣息和藥味，護士來，病人往，地板泛著陣陣陰涼。跑過急診室，轉角後是一排臨時病房。季冰坐在長廊椅凳上，眉頭鬱色深重。

「人呢？」齊歡衝到他面前。

「在裡……」他站起來，話沒說完，齊歡就已推開旁邊那扇門。

左俊昊坐在椅子上，臉上有點青紫痕跡，眉角的傷被藥水塗覆，摻著血泛黃。

「妳來了……」左俊昊起身。

齊歡心口砰砰跳，喉間乾得發澀，視線落在他讓開後，床上顯出的人影身上。陳讓靠在床頭，和她對視，未言語，微倦眉間略有疲憊。她站在那沒動，臉色實在說不上好。左俊昊打破沉默：「陳讓左手手臂受傷了，傷口不長，但是有點深，已經縫合，還要吊點滴留院觀察……」

「你們出去一下。」她動唇。視線一瞬未移，眼裡始終只有一個人。

左俊昊和季冰對視一眼。

「你們聊。」他倆出去，把病房留給他們。

齊歡把門反鎖了。陳讓聽到聲音，抬了抬眸。她走到病床邊，在左俊昊坐過的椅子上坐下。

「奶茶摔了。」陳讓嗓音微沙。

齊歡眼一酸。這是進屋以後，他對她說的第一句話。她低頭，沒應答，沒出聲。

陳讓朝她看，她瀏海垂下來，擋住了臉。他一怔，「哭什麼？」

「……對不起。」她甕聲說。

「我什麼都不懂，還在你傷口上撒鹽。」她的聲線浸在淚裡，「對不起。」

陳讓頓了一瞬，表情慢慢沉緩。

齊歡知道，他的私事，本不該拿到他面前來說的，尤其是在未得他允許的情況下。但眼下這個場景，她忍不住。有些東西堵在喉嚨，一開口就衝破限制洶湧而出。第一次，她生出了一種濃重的自我厭惡。

陳讓看著她，背靠床頭，被單蓋在他腰際：「妳知道了啊。」

和往常無異的嗓音，語氣甚至還要更平靜。聰穎如他，只看她的表現，聽這幾句話，不消多想便猜得到，她大概是知道了什麼。不管從哪知道，怎麼知道的，反正就是……了解了……

—未完待續—

高寶書版集團
gobooks.com.tw

YH 047
小清歡（上）
作　　者　雲拿月
責任編輯　吳培禎
封面設計　鄭婷之
內頁排版　彭立瑋
企　　劃　鍾惠鈞

發 行 人　朱凱蕾
出　　版　英屬維京群島商高寶國際有限公司台灣分公司
　　　　　Global Group Holdings, Ltd.
地　　址　台北市內湖區洲子街 88 號 3 樓
網　　址　gobooks.com.tw
電　　話　(02) 27992788
電　　郵　readers@gobooks.com.tw（讀者服務部）
　　　　　pr@gobooks.com.tw（公關諮詢部）
傳　　真　出版部 (02) 27990909　行銷部 (02) 27993088
郵政劃撥　19394552
戶　　名　英屬維京群島商高寶國際有限公司台灣分公司
發　　行　英屬維京群島商高寶國際有限公司台灣分公司
初　　版　2021 年 8 月

本著作物由北京晉江原創網絡科技有限公司授權出版。

國家圖書館出版品預行編目 (CIP) 資料

小清歡 / 雲拿月著 . -- 初版 . -- 臺北市 : 英屬維京群島商高寶國際有限公司臺灣分公司 , 2021.08
　冊 ;　公分 . --

ISBN 978-986-506-209-5(上冊 : 平裝). --
ISBN 978-986-506-210-1(下冊 : 平裝). --
ISBN 978-986-506-211-8(全套 : 平裝)

857.7　　110013218